U0782582

人生没有真正完美的样子

汪曾祺 等著

哈尔滨出版社
HARBIN PUBLISHING HOUSE

图书在版编目（CIP）数据

人生没有真正完美的样子 / 汪曾祺等著. —哈尔滨:
哈尔滨出版社，2020.4
ISBN 978-7-5484-5128-0

Ⅰ. ①人… Ⅱ. ①汪… Ⅲ. ①散文集 – 中国 – 当代
Ⅳ. ①I267

中国版本图书馆CIP数据核字（2020）第027026号

书　　名： 人生没有真正完美的样子
RENSHENG MEIYOU ZHENZHENG WANMEI DE YANGZI

作　　者： 汪曾祺　等著
责任编辑： 赵宏佳　滕　达
责任审校： 李　战
装帧设计： 主语设计

出版发行： 哈尔滨出版社（Harbin Publishing House）
社　　址： 哈尔滨市松北区世坤路738号9号楼　**邮编：** 150028
经　　销： 全国新华书店
印　　刷： 天津旭丰源印刷有限公司
网　　址： www.hrbcbs.com　www.mifengniao.com
E-mail： hrbcbs@yeah.net
编辑版权热线：（0451）87900271　87900272
销售热线：（0451）87900202　87900203
邮购热线： 4006900345（0451）87900256

开　　本： 880mm × 1230mm　1/32　**印张：** 8　**字数：** 160千字
版　　次： 2020年4月第1版
印　　次： 2020年4月第1次印刷
书　　号： ISBN 978-7-5484-5128-0
定　　价： 45.00元

目 录 Contents

第一章
万物皆有裂痕，那是光照进来的地方

生活是种律动，
须有光有影，有左有右，有晴有雨；
滋味就含在这变而不猛的曲折里。
微微暗些，然后再明起来，
则暗得有趣，而明乃更明；
且不至明过了度，忽然烧断，
如百烛电灯泡然。

第二章

生活的最好状态，是冷冷清清的风风火火

高山不如平地大。
平的东西都有大的涵义。
或者可以竟说平的就是大的。
人生不单因了少数的英雄圣贤而表现，
实因了蚩蚩平凡的民众而表现的。

第三章

你若爱，生活哪里都可爱

凡为实例或成见所束缚，
不能把日常生活咀嚼玩味的，
都是与艺术无缘的人。
真的艺术，
不限在诗里，也不限在画里，
到处都有，随时可得。

第四章

人生的一切收获，都压在苦字下边

快乐把时光缩短，苦难把岁月拉长，
一如这长长的仿佛没有尽头的苦夏。
但我至今不喜欢谈自己往日的苦楚与磨砺。
相反，我却从中领悟到“苦”字的分量。
苦，原是生活中的蜜。
人生的一切收获都压在这沉甸甸的苦字的下边。

第五章

从容闲坐看生活，天地自宽

干的湿的有什么吃什么，
主妇的身心既健康而素朴，
接受生活应付生活俱见出无比的勇气和耐心，
过下去似乎再困难，
即过三五年也担当得住并不如何灰心。
一般人要生活，从普通比较见优劣，
或多有件新衣和双鞋子，
照例即可感到幸福。

第一章

万物皆有裂痕，那是光照进来的地方

生活是种律动，
须有光有影，有左有右，有晴有雨；
滋味就含在这变而不猛的曲折里。
微微暗些，然后再明起来，
则暗得有趣，而明乃更明；
且不至明过了度，忽然烧断，
如百烛电灯泡然。

小病 / 老舍

大病往往离死太近，一想便寒心，总以不患为是。即使承认病死比杀头活埋剥皮等死法光荣些，到底好死不如歹活着。半死不活的味道使盖世的英雄泪下如雨呀。拿死吓唬任何生物是不人道的。大病专会这么吓唬人，理当回避，假若不能扫除净尽。

可是小病便当另作一说了。山上的和尚思凡，比城里的学生要厉害许多。同样，楚霸王不害病则没得可说，一病便了不得。生活是种律动，须有光有影，有左有右，有晴有雨；滋味就含在这变而不猛的曲折里。微微暗些，然后再明起来，则暗得有趣，而明乃更明；且不至明过了度，忽然烧断，如百烛电灯泡然。这个，照直了说，便是小病的作用。常患些小病是必要的。

所谓小病，是在两种小药的能力圈内，阿司匹灵与清瘟解毒丸是也。这两种药所不治的病，顶好快去请大夫，或者立下遗嘱，备下棺材，也无所不可，咱们现在讲的是自己能当大夫的“小”病。

这种小病，平均每个半月犯一次就挺合适。一年四季，平均犯八次小病，大概不会再患什么重病了。自然也有爱患完小病再患大病的人，那是个人的自由，不在话下。

咱们说的这类小病很有趣。健康是幸福；生活要趣味。所以应当讲说一番：

小病可以增高个人的身份。不管一家大小是靠你吃饭，还是你白吃他们，日久天长，大家总对你冷淡。假若你是挣钱的，你越尽责，人们越挑眼，好像你是条黄狗，见谁都得连忙摆尾；一尾没摆到，即使不便明言，也暗中唾你几口。不大离的你必得病一回，必得！早晨起来，哎呀，头疼！买清瘟解毒丸去！还有阿司匹灵吗？不在乎要什么，要的是这个声势。狗的地位提高了不知多少。连懂点事的孩子也要闭眼想想了——这棵树可是倒不得呀！你在这时节可以发散发散狗的苦闷了，卫生的要术。你若是个白吃饭的，这个方法也一样灵验。特别是妈妈与老嫂子，一见你真需要阿司匹灵，她们会知道你没得到你所应得的尊敬，必能设法安慰你：去听听戏，或带着孩子们看电影去吧？她们诚意的向你商量，本来你的病是吃小药饼或看电影都可以治好的，可是你的身份高多了呢。在朋友中，社会中，光景也与此略同。

此外，小病两日而能自己治好，是种精神的胜利。人就是别投降给大夫。无论国医西医，一律招惹不得。头疼而去找西医，他因不能断症——你的病本来不算什么——一定嘱告你住院，而后详加检验，发现了你的小脚指头不是好东西，非割去不可。十天之后，头疼确是好了，可是足指剩了九个。国医文明一些，不提小脚指头这一层，而说你气虚，一开便开二十味药，他越摸不清你的脉，越多开药，意在把病吓跑。就是不找大夫。预防大病来临，时时以小病发散之，而小病自己会治，这就等于“吃了萝卜喝热茶，气得大夫满街爬”！

有宜注意者：不当害这种病时，别害。头疼，大则失去一个王位，小则能惹出是非。设个小比方：长官约你陪客，你说头疼不去，其结果有不易消化者。怎样利用小病，须在全部生活艺术中搜求出来。看清机会，而后一想象，乃由无病而有病，利莫大焉。

这个，从实际上看，社会上只有一部分人能享受，差不多是一种雅好的奢侈。可是，在一个理想国里，人人应该有这个自由与享受。自然，在理想国内也许有更好的办法；不过，什么办法也不及这个浪漫，这是小品病。

原载于一九三四年七月五日《人间世》第七期

喝茶 / 鲁迅

某公司又在廉价了，去买了二两好茶叶，每两洋二角。开首泡了一壶，怕它冷得快，用棉袄包起来，却不料郑重其事的来喝的时候，味道竟和我一向喝着的粗茶差不多，颜色也很重浊。

我知道这是自己错误了，喝好茶，是要用盖碗的，于是用盖碗。果然，泡了之后，色清而味甘，微香而小苦，确是好茶叶。但这是须在静坐无为的时候的，当我正写着《吃教》的中途，拉来一喝，那好味道竟又不知不觉的滑过去，像喝着粗茶一样了。

有好茶喝，会喝好茶，是一种“清福”。不过要享这“清福”，首先就须有工夫，其次是练习出来的特别的感觉。由这一极琐屑的经验，我想，假使是一个使用筋力的工人，在喉干欲裂的时候，那么，即使给他龙井芽茶，珠兰窨片，恐怕他喝起来也未必觉得和热水有什么大区别罢。所谓“秋思”，其实也是这样的，骚人墨客，会觉得什么“悲哉秋之为气也”，风雨阴晴，都给他一种刺戟，一方面也就是一种“清福”，但在老农，却只知道每年的此际，就要割稻而已。

于是有人以为这种细腻锐敏的感觉，当然不属于粗人，这是上等人的牌号。然而我恐怕也正是这牌号就要倒闭的先声。我们有痛觉，一方面是使我们受苦的，而一方面也使我们能够自卫。假如没有，则即使背上被人刺了一尖刀，也将茫无知觉，直到血尽倒地，自己还不明白为什么倒地。但这痛觉如果细腻锐敏起来呢，则不但衣服上有一根小刺就觉得，连衣服上的接缝，线结，布毛都要觉得，倘不穿“无缝天衣”，他便要终日如芒刺在身，活不下去了。但假装锐敏的，自然不在此例。

感觉的细腻和锐敏，较之麻木，那当然算是进步的，然而以有助于生命的进化为限。如果不相干，甚而至于有碍，那就是进化中的病态，不久就要收梢。我们试将享清福，抱秋心的雅人，和破衣粗食的粗人一比较，就明白究竟是谁活得下去。喝过茶，望着秋天，我于是想：不识好茶，没有秋思，倒也罢了。

九月三十日

上下身 / 周作人

戈丹的三个贤人，
坐在碗里去漂洋去。
他们的碗倘若牢些，
我的故事也要长些。
——英国儿歌

人的肉体明明是一整个（虽然拿一把刀也可以把他切开来），背后从头颈到尾闾一条脊椎，前面从胸口到“丹田”一张肚皮，中间并无可以卸拆之处，而吾乡（别处的市民听了不必多心）的贤人必强分割之为上下身——大约是以肚脐为界。上下本是方向，没有什么不对，但他们在这里又应用了大义名分的大道理，于是上下变而为尊卑，邪正，净不净之分了：上身是体面绅士，下身是“该办的”下流社会。这种说法既合于圣道，那么当然是不会错的了，只是实行起来却有点为难。不必说要想拦腰的“关老爷一大刀”分个上下，就未免断送老命，固然断乎不可，即使在该办的范围内稍加割削，最端正的道学家也决不答应的。平常沐浴时候（幸而在贤人们这不很多），要备两条手巾两只盆两桶水，分洗两个阶级，稍一疏忽不是连上便是犯下，紊了尊卑之序，深于德化有妨，又或坐在高凳上打盹，跌了一个倒栽葱，更是本末倒置，大非佳兆了。由我们愚人看来，这实在是无事自扰，一个身子站起睡倒或是翻个筋斗，总是一个身子，并不如猪肉可以有里脊五花肉等之分，定出贵贱不同的价值来。吾乡贤人之所为，虽曰合于圣道，其亦古代蛮风之遗留欤。

有些人把生活也分作片段，仅想选取其中的几节，将不中意的梢头弃去。这种办法可以称之曰抽刀断水，挥剑斩云。生活中大抵包含饮食，恋爱，生育，工作，老死这几样事情。但是联结在一起，不是可以随便选取一二的。有人希望长生而不死，有人主张生存而禁欲，有人专为饮食而工作，有人又为工作而饮食，这都有点像想齐肚脐锯断，钉上一块底板，单把上半身保留起来。比较明白而过于正经的朋友则全盘承受而分别其等级，如走路是上等而睡觉是下等，吃饭是上等而饮酒喝茶是下等是也。我并不以为人可以终日睡觉或用茶酒代饭吃，然而我觉得睡觉或饮酒喝茶不是可以轻蔑的事，因为也是生活之一部分。百余年前日本有一个艺术家是精通茶道的，有一回去旅行，每到驿站必取出茶具，悠然的点起茶来自喝。有人规劝他说，行旅中何必如此，他答得好：“行旅中难道不是生活么。”这样想的人才真能尊重并享乐他的生活。沛德（W. Pater）曾说，我们生活的目的不是经验之果而是经验本身。正经的人们只把一件事当作正经生活，其余的如不是不得已的坏癖气也总是可有可无的附属物罢了：程度虽不同，这与吾乡贤人之单尊重上身（其实是，不必细说，正是相反），乃正属同一种类也。

戈丹（Gotham）地方的故事恐怕说来很长，这只是其中的一两节而已。

十四年二月

姻缘 / 史铁生

一

我在陕北的一处小山村插过队。我写过那地方，叫它作“清平湾”，实际的名称是关家庄。因为村前的河叫清平河，清平河冲流淤积出的一道川叫清平川。清平川蜿蜒百余里，穿连起几十个村落。在关家庄上下的几个村子插队的，差不多都是我的同学，曾在同一所中学甚至同一个班级念书。也有例外，男士 A 不是我的同学但是和我们一起来到清平川插队，他是为了和我的同学男士 B 插在一处。但是阴差阳错，到了清平川，公社知青办的干部们将我和 B 等几个同学分配在关家庄，却把 A 与我的另几个同学安置在另一个村。费几番周折也没能改变命运的意图。这样男士 A 便在另一个村中与我的同学女士 C 相识，在同一个灶上吃饭，在同一块地里干活，从同一眼井中担水，走同一条路去赶集，数年后二人由恋人发展成夫妻，在同一个屋顶下有了同一个家。有一回我跟他们开玩笑说：“可记得你们的媒人是谁吗？是Ｂ！”大家愣一下，笑道：“不，不是Ｂ，是公社知青办那几位先生。”大家笑罢又有了进一步觉悟，说：“不不还是不对，不是Ｂ也不是那几位先生，是伟大领袖毛主席，若非他老人家的战略部署，Ａ和Ｃ缘何相识呢？”思路如此推演开去，疑为Ａ和Ｃ的媒人者纷纭而至呈几何级数增长，且无止境。

二

我难得登高望远。坐轮椅正坐至第二十个年头，尚无终期。

某一日电梯载我升上十几层高楼，临窗俯瞰，见城市喧嚣浩瀚比以前更大得触目惊心，楼堂房舍鳞次栉比也更多彩多姿，纵横交织的街道更宽阔美丽。唯如蚁的人群一如既往地埋头奔走，动机莫测出没无常；熙来攘往擦肩而过，就像互相绕开一棵树或一面墙；忽而也见两三位远远地扑来一处交头接耳，之后又分散融入人流再难辨认；一串汽车首尾相接飞驰向东，当中一辆不知瞬间受了什么引诱，减速出列掉头改道又急驶向西了；飘飘扬扬的一缕红裙，飘飘扬扬地分外醒目，但倏地永远不见了，于原来的地位上顶替以一位推车的老人；老人缓缓地走，推的是一辆婴儿车，车厢里的小孩儿顾自酣甜地睡着……我想，这老人这小孩儿恰是人间亿万命途的象征，来路和去向仍是一贯的神秘。

居高而望这宏大的人间，很可能正像量子力学家们对微观世界的测验和观察吧。书上说：“经典力学具有完全确定的性质，即给出力和质量以及初始位置和速度，就能够精确地预言运动客体的未来或过去的性状。但是，在量子力学中，海森伯测不准原理指出微观粒子的位置和动量是不能同时精确测定的；因此牛顿定律不能适用于原子范围。量子力学定律并不描述粒子轨道的细节，它只能给出可能发生的事件及其在不同情况下发生的相对几率。”书上说，后来，物理学家把一切物质都看作具有波粒二象性。我想，人也是这样也具有波粒二象性吧。你每一瞬间都处于一个位置，都是一个粒子，但你每时每刻都在运动，你的历史正是一条不间断的波，因而你在任何瞬间在任何位置，都一样是命途难测。书上说：“物质世界是由同时存在着的无穷大的场构成。”那么人间社会料必也是如此；在几十亿条命运轨道无穷多的交织组合之间，一个人的命运真可谓朝不虑夕了。你能知道你现在正走向什么？你能知道什么命运正向你走来吗？

我坐在十几层高楼的窗前，想起往日的一个男孩儿。那男孩儿七岁时有一次问他的母亲：“什么是结婚？”母亲说：“一个男人和一个女人，他们想要在一起生活。”七岁的男孩儿于是问父亲：“你结婚了吗？”父亲说：“如果我是你的父亲，我肯定是结过婚了。”男孩儿迷茫地想了一会儿，说：“我不结婚。”母亲笑道：“你现在当然不要结，但将来你会结。”“为啥？”“因为，一般来说，所有的人都要结婚。”为此男孩儿郑重其事地想了一个下午，晚上他又问母亲：“那我和谁结婚呢？”母亲说：“这现在谁也不知道。不过那个女孩儿可能正在向你走来。”男孩儿于是独自到阳台上去，俯瞰街上埋头奔走的人流，很想辨出那个女孩儿，很想看见她从哪儿走来……

这时我忽然想起问我的妻子：“我七岁那年，你在哪儿？”她正读一本书，抬头望了望我，说：“下次别再忘了——又过了三年我才出生。”她笑了。可我没笑。“那么那时你的父母，他们在哪儿？”“很可能那时，”她一边重新埋下头去一边说，“我的父母还不相识。”

三

从上海来的一位朋友对我说，夏夜的外滩，情侣的密度当属世界之最。骄阳落去，皓月初升，江风习习吹开熏蒸的溽热之时你瞧吧，沿江的栅栏边，情男恋女伏栏面水倾诉衷肠，一条大队直排出几里，仿佛对黄浦江夹道的欢迎与欢送；一对紧挨一对，一对一对一对一对甚至互相不能留出间隙，一男一女一男一女一男一女，倘忽略每一颗头的扭向让你猜哪两个是一对，你有百分之五十的可能错点了鸳鸯。我对他的描述略表怀疑。“怎么你不信？”我的这位富于想象力的朋友笑道：“这么说吧，要是这时有谁下一道命令，譬如喊一二三，或者吹一声哨，情男恋女们无须移动位置只要一齐转头一百八十度，便可在全新的组合中继续谈情说爱。”

“很可能，”我说，“这样的命令已经下过了。”

“下过了？”这一回轮到他怀疑。

“下过了，但是你没听见。”

“你听见了？”

“我有时感到我听见了。在你去外滩之前，在你去外滩之前很久上帝的哨子已经吹过了，因此你看见了你所看到的情景，你看见了你只能看到的一种组合。”

不久前我读一本书，书上说到洗牌。一局牌（不论是扑克还是麻将）开始，先要洗牌。连续的输家抱怨手气不好，尤其要洗牌，别人洗过了他还不放心，一定要自己再洗，一面把牌打乱一面心中祈祷好运的来临。那本书的作者说：“当然这会改变他的牌运，但是，到底是改变得更好了还是改变得更坏了却永远不能知道。被你洗掉了的种种排列，未及存在就已消逝，上帝只取其中一种与你遭遇。”

一九九二年春节

债 / 许地山

他一向就住在妻子家里，因为他除妻子以外，没有别的亲戚。妻家的人爱他的聪明，也怜他的伶仃，所以万事都尊重他。

他的妻子早已去世，膝下又没有子女。他的生活就是念书、写字，有时还弹弹七弦。他决不是一个书呆子，因为他常要在书内求理解，不像书呆子只求多念。

妻子的家里有很大的花园供他游玩；有许多奴仆听他使令。但他从没有特意到园里游玩；也没有呼唤过一个仆人。

在一个阴郁的天气里，人无论在什么地方都不舒服的。岳母叫他到屋里闲谈，不晓得为什么缘故就劝起他来。岳母说："我觉得自从俪儿去世以后，你就比前格外客气。我劝你毋须如此，因为外人不知道都要怪我。看你穿成这样，还不如家里的仆人，若有生人来到，叫我怎样过得去？倘或有人欺负你，说你这长那短，尽可以告诉我，我责罚他给你看。"

“我哪里懂得客气！不过我只觉得我欠的债太多，不好意思多要什么。”

“什么债？有人问你算账么？唉，你太过见外了！我看你和自己的子侄一样。你短了什么，尽管问管家的要去；若有人敢说闲话，我定不饶他。”

“我所欠的是一切的债。我看见许多贫乏人、愁苦人，就如该了他们无数的债一般。我有好的衣食，总想先偿还他们。世间若有一个人吃不饱足，穿不暖和，住不舒服，我也不敢公然独享这具足的生活。”

“你说得太玄了！”她说过这话，停了半晌才接着点头说，“很好，这才是读书人先天下之忧而忧的精神。……然而你要什么时候才还得清呢？你有清还的计划没有？”

“唔……唔……”他心里从来没有想到这个，所以不能回答。

“好孩子，这样的债，自来就没有人能还得清，你何必自寻苦恼？我想，你还是做一个小小的债主吧。说到具足生活，也是没有涯岸的。我们今日所谓具足，焉知不是明日的缺陷？你多念一点书就知道生命即是缺陷的苗圃，是烦恼的秧田；若要补修缺陷，拔除烦恼，除弃绝生命外，没有别条道路。然而，我们哪能办得到？个个人都那么怕死！你不要作这种非想，还是顺着境遇做人去吧。”

“时间……计划……做人……”这几个字从岳母口里发出，他的耳鼓就如受了极猛烈的椎击。他想来想去，已想昏了。他为解决这事，好几天没有出来。

那天早晨，女佣端粥到他房里，没见他，心中非常疑惑。因为早晨，他没有什么地方可去。海边呢，他是不轻易到的。花园呢，他更不愿意在早晨去。因为丫头们都在那个时候到园里争摘好花去献给她们几位姑娘。他最怕见的是人家毁坏现成的东西。

女佣四周一望，蓦地看见一封信被留针刺在门上，她忙取下来，给别人一看，原来是给老夫人的。

她把信拆开，递给老夫人。上面写着：

亲爱的岳母：

你问我的话，教我实在想不出好回答。而且，因你这一问，使我越发觉得我所负的债更重。我想做人若不能还债，就得避债，决不能教债主把他揪住，使他受苦。若论还债，依我的力量、才能，是不济事的。我得出去找几个帮忙的人。如果不能找着，再想法子。现在我去了，多谢你栽培我这么些年。我的前途，望你记念；我的往事，愿你忘却。

我也要时时祝你平安！

婿容融留字

老夫人念完这信，就非常愁闷。以后，每想起她的女婿，便好几天不高兴。但不高兴尽管不高兴，女婿至终没有回来。

歪儿 / 冯骥才

那个暑假，天刚擦黑，晚饭吃了一半，我的心就飞出去了。因为我又听到歪儿那尖细的召唤声：“来玩踢罐电报呀——”

“踢罐电报”是那时男孩子们最喜欢的游戏。它不单需要快速、机敏，还带着挺刺激的冒险滋味。它的玩法又简单易学，谁都可以参加。先是在街中央用白粉粗粗画一个圈儿，将一个空洋铁罐儿摆在圈里，然后大家聚拢一起“手心手背”分批淘汰，最后剩下一个人坐庄。坐庄可不易，他必须极快地把伙伴们踢得远远的罐儿拾回来，放到原处，再去捉住一个乘机躲藏的孩子顶替他，才能下庄；可是就在他四处去捉住那些藏身的孩子时，冷不防从什么地方会蹿出一人，“叭”地将罐儿叮里当啷踢得老远，倒霉，又得重新开始……一边要捉人，一边还得防备罐儿再次被踢跑，这真是个苦差事，然而最苦的还要算是歪儿！

歪儿站在街中央，寻着空铁罐左盼右盼，活像一个蒸熟了的小红薯。他细小，软绵绵，歪歪扭扭；眼睛总像睁不开，薄薄的嘴唇有点斜，更奇怪的是他的耳朵，明显的一大一小，像是父子俩。他母亲是苏州人，四十岁才生下这个有点畸形的儿子，取名叫“弯儿”。我们天天都能听到她用苏州腔呼唤儿子的声音，却把“弯儿”错听成“歪儿”。也许这“歪儿”更像他的模样。由于他身子歪，跑起来就打斜，玩踢罐电报便十分吃亏。可是他太热爱这种游戏了，他宁愿坐庄，宁愿徒自奔跑，宁愿一直累得跌跌撞撞……大家玩的罐儿还是他家的呢！

只有他家才有这装芦笋的长长的铁罐，立在地上很得踢，如果要没有这宝贝罐儿，说不定大家嫌他累赘，不带他玩了呢！

我家刚搬到这条街上来，我就加入了踢罐电报的行列，很快成了佼佼者。这游戏简直就是为我发明的——我的个子比同龄的孩子高一头，腿也几乎长一截，跑起来真像骑摩托送电报的邮差那样风驰电掣，谁也甭想逃脱我的追逐。尤其我踢罐儿那一脚，“叭”的一声过后，只能在远处朦胧的暮色里去听它叮里当啷的声音了，要找到它可费点劲呢！这时，最让大家兴奋的是瞅着歪儿去追罐儿那样子，他一忽儿斜向左，一忽儿斜向右，像个脱了轨而瞎撞的破车，逗得大家捂着肚子笑。当歪儿正要发现一个藏身的孩子时，我又会闪电般冒出来，一脚把罐儿踢到视线之外，可笑的场面便再次出现……就这样，我成了当然的英雄，得意非凡；歪儿怕我，见到我总是一脸懊丧。天天黄昏，这条小街上充满着我的迅猛威风和歪儿的疲于奔命。终于有一天，歪儿一屁股坐在白粉圈里，快快无奈地痛哭不止……他妈妈跑出来，操着纯粹的苏州腔朝他叫着骂着，扯他胳膊回家。这愤怒的声音里似乎含着对我们的谴责。我们都感觉自己做了什么不好的事，默默站了一会儿才散。

歪儿不来玩踢罐电报了。他不来，罐儿自然也变了，我从家里拿来一种装草莓酱的小铁罐，短粗，又轻，不但踢不远，有时还踢不上，游戏的快乐便减色许多。那么失去快乐的歪儿呢？我望着他家二楼那扇黑黑的玻璃窗，心想他正在窗后边眼巴巴瞧着我们玩吧！这时忽见窗子一点点开启，跟着一个东西扔下来。这东西掉在地上的声音那么熟悉、那么悦耳、那么刺激，原来正是歪儿那长长的罐儿。我的心头第一次感到被一种内疚深深地刺痛了。我迫不及待地朝他招手，叫他来玩儿。

歪儿回到了我们中间。

一切都奇妙又美好地发生了变化。大家并没有商定什么，却不约而同、齐心合力地等待着这位小伙伴了。大家尽力不叫他坐庄，有时他“手心手背”输了，也很快有人情愿被他捉住，好顶替他。大家相互配合，心领神会，作假成真。一次，我看见歪儿躲在一棵大槐树后边正要被发现，便飞身上去，一脚把罐儿踢得好远好远，解救了歪儿，又过去拉着他，急忙藏进一家院内的杂物堆里。我俩蜷缩在一张破桌案下边，紧紧挤在一起，屏住呼吸，却互相能感到对方的胸脯急促起伏，这紧张充满异常的快乐呵！我忽然见他那双眯缝的小眼睛竟然睁得很大，目光兴奋、亲热、满足，并像晨星一样光亮！原来他有这样一双又美又动人的眼睛。是不是每个人都有这样一双眼睛？就看我们能不能把它点亮。

一封信 / 朱自清

在北京住了两年多了，一切平平常常的过去。要说福气，这也是福气了。因为平平常常，正像“糊涂”一样“难得”，特别是在“这年头”。但不知怎的，总不时想着在那儿过了五六年转徙无常的生活的南方。转徙无常，诚然算不得好日子；但要说到人生味，怕倒比平平常常时候容易深切的感着。现在终日看见一样的脸板板的天，灰蓬蓬的地；大柳高槐，只是大柳高槐而已。于是木木然，心上什么也没有；有的只是自己，自己的家。我想着我的渺小，有些战栗起来；清福究竟也不容易享的。

这几天似乎有些异样。像一叶扁舟在无边的大海上，像一个猎人在无尽的森林里。走路，说话，都要费很大的力气；还不能如意。心里是一团乱麻，也可说是一团火。似乎在挣扎着，要明白些什么，但似乎什么也没有明白。“一部《十七史》，从何处说起，”正可借来作近日的我的注脚。昨天忽然有人提起《我的南方》的诗。这是两年前初到北京，在一个村店里，喝了两杯“莲花白”以后，信笔涂出来的。于今想起那情景，似乎有些渺茫；至于诗中所说的，那更是遥遥乎远哉了，但是事情是这样凑巧：今天吃了午饭，偶然抽一本旧杂志来消遣，却翻着了三年前给S的一封信。信里说着台州，在上海，杭州，宁波之南的台州。这真是“我的南方”了。我正苦于想不出，这却指引我一条路，虽然只是“一条”路而已。

我不忘记台州的山水，台州的紫藤花，台州的春日，我也不能忘记S。他从前欢喜喝酒，欢喜骂人；但他是个有天真的人。他待朋友真不错。L从湖南到宁波去找他，不名一文；他陪他喝了半年酒才分手。他去年结了婚。为结婚的事烦恼了几个整年的他，这算是叶落归根了；但他也与我一样，已快上那“中年”的线了吧。结婚后我们见过一次，匆匆的一次。我想，他也和一切人一样，结了婚终于是结了婚的样子了吧。但我老只是记着他那喝醉了酒，很妩媚的骂人的意态；这在他或已懊悔着了。

南方这一年的变动，是人的意想所赶不上的。我起初还知道他的踪迹；这半年是什么也不知道了。他到底是怎样的过着这狂风似的日子呢？我所沉吟的正在此。我说过大海，他正是大海上的一个小浪；我说过森林，他正是森林里的一只小鸟。恕我，恕我，我向那里去找你？

这封信曾印在台州师范学校的《绿丝》上。我现在重印在这里；这是我眼前一个很好的自慰的法子。

九月二十七日记

S兄：

……

我对于台州，永远不能忘记！我第一日到六师校时，系由埠头坐了轿子去的。轿子走的都是僻路；使我诧异，为什么堂堂一个府城，竟会这样冷静！那时正是春天，而因天气的薄阴和道路的幽寂，使我宛然如入了秋之国土。约莫到了卖冲桥边，我看见那清绿的北固山，下面点缀着几带朴实的洋房子，心胸顿然开朗，仿佛微微的风拂过我的面孔似的。到了校里，登楼一望，见远山之上，都幂着白云。四面全无人声，也无人影；天上的鸟也无一只。只背后山上谡谡的松风略略可听而已。那时我真脱却人间烟火气而飘飘欲仙了！后来我虽然发见了那座楼实在太坏了：柱子如鸡骨，地板如鸡皮！但自然的宽大使我忘记了那房屋的狭窄。我于是曾好几次爬到北固山的顶上，去领略那飕飕的高风，看那低低的，小小的，绿绿的田亩。这是我最高兴的。

来信说起紫藤花，我真爱那紫藤花！在那样朴陋——现在大概不那样朴陋了吧——的房子里，庭院中，竟有那样雄伟，那样繁华的紫藤花，真令我十二分惊诧！她的雄伟与繁华遮住了那朴陋，使人一对照，反觉朴陋倒是不可少似的，使人幻想“美好的昔日”！我也曾几度在花下徘徊：那时学生都上课去了，只剩我一人。暖和的晴日，鲜艳的花色，嗡嗡的蜜蜂，酝酿着一庭的春意。我自己如浮在茫茫的春之海里，不知怎么是好！那花真好看：苍老虬劲的枝干，这么粗这么粗的枝干，宛转腾挪而上；谁知她的纤指会那样嫩，那样艳丽呢？那花真好看：一缕缕垂垂的细丝，将她们悬在那皴裂的臂上，临风婀娜，真像嘻嘻哈哈的小姑娘，真像凝妆的少妇，像两颊又像双臂，像胭脂又像粉……我在他们下课的时候，又曾几度在楼头眺望：那丰姿更是撩人：云哟，霞哟，仙女哟！我离开台州以后，永远没见过那样好的紫藤花，我真惦记她，我真妒羡你们！

此外，南山殿望江楼上看浮桥（现在早已没有了），看憧憧的人在长长的桥上往来着；东湖水阁上，九折桥上看柳色和水光，看钓鱼的人；府后山沿路看田野，看天；南门外看梨花；再回到北固山，冬天在医院前看山上的雪；都是我喜欢的。说来可笑，我还记得我从前住过的旧仓头杨姓的房子里的一张画桌；那是一张红漆的，一丈光景长而狭的画桌，我放它在我楼上的窗前，在上面读书，和人谈话，过了我半年的生活。现在想已搁起来无人用了吧？唉！

台州一般的人真是和自然一样朴实；我一年里只见过三个上海装束的流氓！学生中我颇有记得的。前些时有位P君写信给我，我虽未有工夫作复，但心中很感谢！乘此机会请你为我转告一句。

我写的已多了；这些胡乱的话，不知可附载在《绿丝》的末尾，使它和我的旧友见见面么？

弟　自清

一九二七年九月二十七日

原载于一九二七年十月十四日《清华周刊·清华文艺副刊》第二期

钓台的春昼 / 郁达夫

因为近在咫尺，以为什么时候要去就可以去，我们对于本乡本土的名区胜景，反而往往没有机会去玩，或不容易下一个决心去玩的。正唯其是如此，我对于富春江上的严陵，二十年来，心里虽每在记着，但脚却没有向这一方面走过。一九三一，岁在辛未，暮春三月，春服未成，而中央党帝，似乎又想玩一个秦始皇所玩过的把戏了，我接到了警告，就仓皇离去了寓居。先在江浙附近的穷乡里，游息了几天，偶尔看见了一家扫墓的行舟，乡愁一动，就定下了归计。绕了一个大弯，赶到故乡，却正好还在清明寒食的节前。和家人等去上了几处坟，与许久不曾见过面的亲戚朋友，来往热闹了几天，一种乡居的倦怠，忽而袭上心来了，于是乎我就决心上钓台去访一访严子陵的幽居。

钓台去桐庐县城二十余里，桐庐去富阳县治九十里不足，自富阳溯江而上，坐小火轮三小时可达桐庐，再上则须坐帆船了。

我去的那一天，记得是阴晴欲雨的养花天，并且系坐晚班轮去的，船到桐庐，已经是灯火微明的黄昏时候了，不得已就只得在码头近边的一家旅馆的高楼上借了一宵宿。

桐庐县城，大约有三里路长，三千多烟灶，一二万居民，地在富春江西北岸，从前是皖浙交通的要道，现在杭江铁路一开，似乎没有一二十年前的繁华热闹了。尤其要使旅客感到萧条的，却是桐君山脚下的那一队花船的失去了踪影。说起桐君山，原是桐庐县的一个接近城市的灵山胜地，山虽不高，但因有仙，自然是灵了。以形势来论，这桐君山，也的确是可以产生出许多口音生硬、别具风韵的桐严嫂来的生龙活脉；地处在桐溪东岸，正当桐溪和富春江合流之所，依依一水，西岸便瞰视着桐庐县市的人家烟树。南面对江，便是十里长洲；唐诗人方干的故居，就在这十里桐洲九里花的花田深处。向西越过桐庐县城，更遥遥对着一排高低不定的青峦，这就是富春山的山子山孙了。东北面山下，是一片桑麻沃地，有一条长蛇似的官道，隐而复现，出没盘曲在桃花杨柳洋槐榆树的中间；绕过一支小岭，便是富阳县的境界，大约去程明道的墓地程坟，总也不过一二十里地的间隔。我的去拜谒桐君，瞻仰道观，就在那一天到桐庐的晚上，是淡云微月，正在作雨的时候。

鱼梁渡头，因为夜渡无人，渡船停在东岸的桐君山下。我从旅馆踱了出来，先在离轮埠不远的渡口停立了几分钟，后来向一位来渡口洗夜饭米的年轻少妇，弓身请问了一回，才得到了渡江的秘诀。她说："你只须高喊两三声，船自会来的。"先谢了她教我的好意，然后以两手围成了播音的喇叭，"喂，喂，渡船请摇过来！"地纵声一喊，果然在半江的黑影当中，船身摇动了。渐摇渐近，五分钟后，我在渡口，却终于听出了咿呀柔橹的声音。时间似乎已经入了酉时的下刻，小市里的群动，这时候都已经静息；自从渡口的那位少妇，在微茫的夜色里，藏去了她那张白团团的面影之后，我独立在江边，不知不觉心里头却兀自感到了一种他乡日暮的悲哀。渡船到岸，船头上起了几声微微的水浪清音，又铜东的一响，我早已跳上了船，渡船也已经掉过头来了。坐在黑影沉沉的舱里，我起先只在静听着柔橹划水的声音，然后却在黑影里看出了一星船家在吸着的长烟管头上的烟火，最后因为被沉默压迫不过，我只好开口说话了："船家！你这样的渡我过去，该给你几个船钱？"我问。"随你先生把几个就是。"船家说话冗慢幽长，似乎已经带着些睡意了，我就向袋里摸出了两角钱来。"这两角钱，就算是我的渡船钱，请你候我一会，上山去烧一次夜香，我是依旧要渡过江来的。"船家的回答，只是恩恩乌乌，幽幽同牛叫似的一种鼻音，然而从继这鼻音而起的两三声轻快的咳声听来，他却已经在感到满足了，因为我也知道，乡间的义渡，船钱最多也不过是两三枚铜子而已。

到了桐君山下，在山影和树影交掩着的崎岖道上，我上岸走不上几步，就被一块乱石绊倒，滑跌了一次。船家似乎也动了恻隐之心了，一句话也不发，跑将上来，他却突然交给了我一盒火柴。

我于感谢了一番他的盛意之后，重整步武，再摸上山去，先是必须点一支火柴走三五步路的，但到得半山，路既就了规律，而微云堆里的半规月色，也朦胧地现出一痕银线来了，所以手里还存着的半盒火柴，就被我藏入了袋里。路是从山的西北，盘曲而上；渐走渐高，半山一到，天也开朗了一点，桐庐县市上的灯火，也星星可数了。更纵目向江心望去，富春江两岸的船上和桐溪合流口停泊着的船尾船头，也看得出一点一点的火来。走过半山，桐君观里的晚祷钟鼓，似乎还没有息尽，耳朵里仿佛听见了几丝木鱼钲钹的残声。走上山顶，先在半途遇着了一道道观外围的女墙，这女墙的栅门，却已经掩上了。在栅门外徘徊了一刻，觉得已经到了此门而不进去，终于是不能满足我这一次暗夜冒险的好奇怪僻的。所以细想了几次，还是决心进去，非进去不可，轻轻用手往里面一推，栅门却呀的一声，早已退向了后方开开了，这门原来是虚掩在那里的。进了栅门，踏着为淡月所映照的石砌平路，向东向南的前走了五六十步，居然走到了道观的大门之外，这两扇朱红漆的大门，不消说是紧闭在那里的。到了此地，我却不想再破门进去了，因为这大门是朝南向着大江开的。门外头是一条一丈来宽的石砌步道，步道的一旁是道观的墙，一旁便是山坡，靠山坡的一面，并且还有一道二尺来高的石墙筑在那里，大约是代替栏杆，防人倾跌下山去的用意；石墙之上，铺的是二三尺宽的青石，在这似石栏又似石凳的墙上，尽可以坐卧游息，饱看桐江和对岸的风景，就是在这里坐它一晚，也很可以，我又何必去打开门来，惊起那些老道的恶梦呢！

空旷的天空里，流涨着的只是些灰白的云，云层缺处，原也看得出半角的天，和一点两点的星，但看起来最饶风趣的，却仍是欲藏还露，将见仍无的那半规月影。这时候江面上似乎起了风，云脚的迁移，更来得迅速了，而低头向江心一看，几多散乱着的船里的灯光，也忽明忽灭地变换了一变换位置。

这道观大门外的景色，真神奇极了。我当十几年前，在放浪的游程里，曾向瓜州京口一带，消磨过不少的时日；那时觉得果然名不虚传的，确是甘露寺外的江山，而现在到了桐庐，昏夜上这桐君山来一看，又觉得这江山之秀而且静，风景的整而不散，却非那天下第一江山的北固山所可与比拟的了。真也难怪得严子陵，难怪得戴征士，倘使我若能在这样的地方结屋读书，以养天年，那还要什么的高官厚禄，还要什么的浮名虚誉哩？一个人在这桐君观前的石凳上，看看山，看看水，看看城中灯火和天上的星云，更做做浩无边际的无聊的幻梦，我竟忘记了时刻，忘记了自身，直等到隔江的击柝声传来，向西一看，忽而觉得城中的灯影微茫地减了，才跑也似的走下了山来，渡江奔回了客舍。

第二日侵晨，觉得昨天在桐君观前做过的残梦正还没有续完的时候，窗外面忽而传来了一阵吹角的声音。好梦虽被打破，但因这同吹筚篥似的商音哀咽，却很含着些荒凉的古意，并且晓风残月，杨柳岸边，也正好候船待发，上严陵去；所以心里纵怀着了些儿怨恨，但脸上却只现出了一痕微笑，起来梳洗更衣，叫茶房去雇船去。雇好了一只双桨的渔舟，买就了些酒菜鱼米，就在旅馆前面的码头上上了船。轻轻向江心摇出去的时候，东方的云幕中间，已现出了几丝红韵，有八点多钟了；舟师急得厉害，只在埋怨旅馆的茶房，为什么昨晚不预先告诉，好早一点出发。因为此去就是七里滩头，无风七里，有风七十里，上钓台去玩一趟回来，路程虽则有限，但这几日风雨无常，说不定要走夜路，才回来得了的。

过了桐庐，江心狭窄，浅滩果然多起来了。路上遇着的来往的行舟，数目也是很少，因为早晨吹的角，就是往建德去的快班船的信号，快班船一开，来往于两埠之间的船就不十分多了。两岸全是青青的山，中间是一条清浅的水，有时候过一个沙洲，洲上的桃花菜花，还有许多不晓得名字的白色的花，正在喧闹着春暮，吸引着蜂蝶。我在船头上一口一口的喝着严东关的药酒，指东话西地问着船家，这是什么山？那是什么港？惊叹了半天，称颂了半天，人也觉得倦了，不晓得什么时候，身子却走上了一家水边的酒楼，在和数年不见的几位已经做了党官的朋友高谈阔论。谈论之余，还背诵了一首两三年前曾在同一的情形之下做成的歪诗：

不是尊前爱惜身，佯狂难免假成真，
曾因酒醉鞭名马，生怕情多累美人。
劫数东南天作孽，鸡鸣风雨海扬尘，

悲歌痛哭终何补，义士纷纷说帝秦。

直到盛筵将散，我酒也不想再喝了，和几位朋友闹得心里各自难堪，连对旁边坐着的两位陪酒的名花都不愿意开口。正在这上下不得的苦闷关头，船家却大声的叫了起来说：

“先生，罗芷过了，钓台就在前面，你醒醒罢，好上山去烧饭吃去。”

擦擦眼睛，整了一整衣服，抬起头来一看，四面的水光山色又忽而变了样子了。清清的一条浅水，比前又窄了几分，四围的山包得格外的紧了，仿佛是前无去路的样子。并且山容峻削，看去觉得格外的瘦格外的高。向天上地下四围看看，只寂寂的看不见一个人类。双桨的摇响，到此似乎也不敢放肆了，钩的一声过后，要好半天才来一个幽幽的回响，静，静，静，身边水上，山下岩头，只沉浸着太古的静，死灭的静，山峡里连飞鸟的影子也看不见半只。前面的所谓钓台山上，只看得见两个大石垒，一间歪斜的亭子，许多纵横芜杂的草木。山腰里的那座祠堂，也只露着些废垣残瓦，屋上面连炊烟都没有一丝半缕，像是好久好久没人住了的样子。并且天气又来得阴森，早晨曾经露一露脸过的太阳，这时候早已深藏在云堆里了，余下来的只是时有时无从侧面吹来的阴飕飕的半箭儿山风。船靠了山脚，跟着前面背着酒菜鱼米的船夫，走上严先生祠堂去的时候，我心里真有点害怕，怕在这荒山里要遇见一个干枯苍老得同丝瓜筋似的严先生的鬼魂。

在祠堂西院的客厅里坐定，和严先生的不知第几代的裔孙谈了几句关于年岁水旱的话后，我的心跳，也渐渐儿的镇静下去了，嘱托了他以煮饭烧菜的杂务，我和船家就从断碑乱石中间爬上了钓台。

东西两石垒，高各有二三百尺，离江面约两里来远，东西台相去，只有一二百步，但其间却夹着一条深谷。立在东台，可以看得出罗芷的人家，回头展望来路，风景似乎散漫一点，而一上谢氏的西台，向西望去，则幽谷里的清景，却绝对的不像是在人间了。我虽则没有到过瑞士，但到了西台，朝西一看，立时就想起了曾在照片上看见过的威廉退儿的祠堂。这四山的幽静，这江水的青蓝，简直同在画片上的珂罗版色彩，一色也没有两样；所不同的，就是在这儿的变化更多一点，周围的环境更芜杂不整齐一点而已，但这却是好处，这正是足以代表东方民族性的颓废荒凉的美。

从钓台下来，回到严先生的祠堂——记得这是洪杨以后严州知府戴槃重建的祠堂——西院里饱啖了一顿酒肉，我觉得有点酩酊微醉了。手拿着以火柴柄制成的牙签，走到东面供着严先生神像的龛前，向四面的破壁上一看，翠墨淋漓，题在那里的，竟多是些俗而不雅的过路高官的手笔。最后到了南面的一块白墙头上，在离屋檐不远的一角高处，却看到了我们的一位新近去世的同乡夏灵峰先生的四句似邵尧夫而又略带感慨的诗句。夏灵峰先生虽则只知崇古，不善处今，但是五十年来，像他那样的顽固自尊的亡清遗老，也的确是没有第二个人。比较起现在的那些官迷的南满尚书和东洋宦婢来，他的经术言行，姑且不必去论它，就是以骨头来称称，我想也要比什么罗三郎郑太郎辈，重到好几百倍。慕贤的心一动，醺人的臭技自然是难熬了，堆起了几张桌椅，借得了一支破笔，我也在高墙上在夏灵峰先生的脚后放上了一个陈屁，就是在船舱的梦里，也曾微吟过的那一首歪诗。

从墙头上跳将下来，又向龛前天井去走了一圈，觉得酒后的喉咙，有点渴痒了，所以就又走回到了西院，静坐着喝了两碗清茶。在这四大无声，只听见我自己的啾啾喝水的舌音冲击到那座破院的败壁上去的寂静中间，同惊雷似的一响，院后的竹园里却忽而飞出了一声闲长而又有节奏似的鸡啼的声来。同时在门外面歇着的船家，也走进了院门，高声的对我说：

“先生，我们回去罢，已经是吃点心的时候了，你不听见那只鸡在后山啼么？我们回去罢！”

一九三二年八月在上海写

最苦与最乐 / 梁启超

人生什么事最苦呢？贫吗？不是。病吗？不是。失意吗？不是。老吗？死吗？都不是。我说人生最苦的事，莫苦于身上背着一种未来的责任。

人若能知足，虽贫不苦；若能安分（不多作分外希望），虽失意不苦；老，病，死，乃人生难免的事，达观的人看得很平常，也不算什么苦。独是凡人生在世间一天，便有一天应该做的事。该做的事没有做完，便像是有几千斤重担子压在肩头，再苦是没有的了。为什么呢？因为受那良心责备不过，要逃躲也没处逃躲呀！

答应人办一件事没有办，欠了人的钱没有还，受了人家的恩典没有报答，得罪错了人没有赔礼，这就连这个人的面也几乎不敢见他；纵然不见他面，睡里梦里都像有他的影子来缠着我。为什么呢？因为觉得对不住他呀！因为自己对于他的责任还没有解除呀！不独是对于一个人如此，就是对于家庭，对于社会，对于国家，乃至对于自己，都是如此。凡属我受过他好处的人，我对于他便有了责任。(家庭、社会、国家，也可当作一个人看。我们都是曾经受过家庭、社会、国家的好处，而且现在还受着他的好处，所以对于他常常有责任。)凡属我应该做的事，而且力量能够做得到的，我对于这件事便有了责任。(譬如父母有病，不能让别人伺候，这是我应该做的事，求医觅药，是我力量能做得到的事。我若不做，便是不尽责任。医药救得转来救不转来，这却不是我的责任。)凡属我自己打主意做一件事，便是现在的自己和将来的自己立了一种契约，便是自己对于自己加一层责任。(譬如我已经定了主意，要戒烟，从此便负了有不吸烟的责任。我已经定了主意，要著一部书，从此便有著成这部书的责任。这种不是对于别人负责任，却是现在的自己对于过去的自己负责任。)有了这责任，那良心便时时刻刻监督在后头。一日应尽的责任没有尽，到夜里头便是过的苦痛日子。一生应尽的责任没有尽，便死也是带着苦痛往坟墓里去。这种苦痛却比不得普通的贫、病、老，可以达观排解得来。所以我说人生没有苦痛便罢，若有苦痛，当然没有比这个更重的了。

翻过来看，什么事最快乐呢？自然责任完了，算是人生第一件乐事。古语说得好，“如释重负”，俗语亦说是“心上一块石头落了地”。人到这个时候，那种轻松愉快，真不可以言语形容。责任越重大，负责的日子越久长，到责任完了时，海阔天空，心安理得，那快乐还要加几倍哩！大抵天下事，从苦中得来的乐才算真乐。人生须知道有负责任的苦处，才能知道有尽责任的乐处。这种苦乐循环，便是这有活力的人间一种趣味。却是不尽责任，受良心责备，这些苦都是由自己找来的。一翻过来，处处尽责任，便处处快乐；时时尽责任，便时时快乐。快乐之权操之在己。孔子所以说“无入而不自得”，正是这种作用哩！

然则为什么孟子又说“君子有终身之忧”呢？因为越是圣贤豪杰，他负的责任便越是重大；而且他常要把种种责任揽在身上，肩头的担子从没有放下的时节。曾子还说：“任重而道远，死而后已，不亦远乎！”那仁人志士的忧民忧国，那诸圣诸佛的悲天悯人，虽说他是一辈子里苦痛，也都可以。但是他日日在那里尽责任，便日日在那里得苦中真乐，所以他到底还是乐不是苦呀！

有人说：既然这苦是从负责任生来，我若是将责任卸却，岂不就永远没有苦了吗？这却不然，责任是要解除了才没有，并不是卸了就没有。人生若能永远像两三岁小孩，本来没有责任，那就本来没有苦。到了长成，那责任自然压在你头上，如何能躲？不过有大小的分别罢了。尽得大的责任，就得大的快乐；尽得小的责任，就得小的快乐。你若是要躲，倒是自投苦海，永远不能解除了。

一九二二年八月十二日《时事新报·学灯》

生活之艺术 / 周作人

契诃夫（Tchekhov）书简集中有一节道（那时他在瑷珲附近旅行），“我请一个中国人到酒店里喝烧酒，他在未饮之前举杯向着我和酒店主人及伙计们，说道‘请’。这是中国的礼节。他并不像我们那样的一饮而尽，却是一口一口的啜，每啜一口，吃一点东西；随后给我几个中国铜钱，表示感谢之意。这是一种怪有礼的民族……”

一口一口的啜，这的确是中国仅存的饮酒的艺术：干杯者不能知酒味，泥醉者不能知微醺之味。中国人对于饮食还知道一点享用之术，但是一般的生活之艺术却早已失传了。中国生活的方式现在只是两个极端，非禁欲即是纵欲，非连酒字都不准说即是浸身在酒槽里，二者互相反动，各益增长，而其结果则是同样的污糟。动物的生活本有自然的调节，中国在千年以前文化发达，一时颇有臻于灵肉一致之象，后来为禁欲思想所战胜，变成现在这样的生活，无自由、无节制，一切在礼教的面具底下实行迫压与放恣，实在所谓礼者早已消灭无存了。

生活不是很容易的事。动物那样的，自然地简易地生活，是其一法；把生活当作一种艺术，微妙地美地生活，又是一法：二者之外别无道路，有之则是禽兽之下的乱调的生活了。生活之艺术只在禁欲与纵欲的调和。蔼理斯对于这个问题很有精到的意见，他排斥宗教的禁欲主义，但以为禁欲亦是人性的一面，欢乐与节制二者并存，且不相反而实相成。人有禁欲的倾向，即所以防欢乐的过量，并即以增欢乐的程度。他在《圣芳济与其他》一篇论文中曾说道："有人以此二者（即禁欲与耽溺）之一为其生活之唯一目的者，其人将在尚未生活之前早已死了。有人先将其一（耽溺）推至极端，再转而之他，其人才真能了解人生是什么，日后将被记念为模范的高僧。但是始终尊重这二重理想者，那才是知生活法的明智的大师。……一切生活是一个建设与破坏，一个取进与付出，一个永远的构成作用与分解作用的循环。要正当地生活，我们须得模仿大自然的豪华与严肃。"他又说过，"生活之艺术，其方法只在于微妙地混和取与舍二者而已，"更是简明的说出这个意思来了。

生活之艺术这个名词，用中国固有的字来说便是所谓礼。斯谛耳博士在《仪礼》序上说："礼节并不单是一套仪式，空虚无用，如后世所沿袭者。这是用以养成自制与整饬的动作之习惯，惟有能领解万物感受一切之心的人才有这样安详的容止。”从前听说辜鸿铭先生批评英文《礼记》译名的不妥当，以为“礼”不是 Rite 而是 Art，当时觉得有点乖僻，其实却是对的，不过这是指本来的礼，后来的礼仪礼教都是堕落了的东西，不足当这个称呼了。中国的礼早已丧失，只有如上文所说，还略存于茶酒之间而已。去年有西人反对上海禁娼，以为妓院是中国文化所在的地方，这句话的确难免有点荒谬。但仔细想来也不无若干理由。我们不必拉扯唐代的官妓，希腊的“女友”（Hetaira）的韵事来作辩护，只想起某外人的警句，“中国挟妓如西洋的求婚，中国娶妻如西洋的宿娼”，或者不能不感到《爱之术》（Ars Amatoria）真是只存在草野之间了。我们并不同某西人那样要保存妓院，只觉得在有些怪论里边，也常有真实存在罢了。

中国现在所切要的是一种新的自由与新的节制，去建造中国的新文明，也就是复兴千年前的旧文明，也就是与西方文化的基础之希腊文明相合一了。这些话或者说的太大太高了，但据我想舍此中国别无得救之道，宋以来的道学家的禁欲主义总是无用的了，因为这只足以助成纵欲而不能收调节之功。其实这生活的艺术在有礼节重中庸的中国本来不是什么新奇的事物，如《中庸》的起头说，“天命之谓性，率性之谓道，修道之谓教”，照我的解说即是很明白的这种主张。不过后代的人都只拿去讲章旨节旨，没有人实行罢了。我不是说半部《中庸》可以济世，但以表示中国可以了解这个思想。日本虽然也很受到宋学的影响，生活上却可以说是承受平安朝的系统，还有许多唐代的流风余韵，因此了解生活之艺术也更是容易。在许多风俗上日本的确保存这艺术的色彩，为我们中国人所不及，但由道学家看来，或者这正是他们的缺点也未可知罢。

十三年十一月

第二章

生活的最好状态，是冷冷清清的风风火火

高山不如平地大。

平的东西都有大的涵义。

或者可以竟说平的就是大的。

人生不单因了少数的英雄圣贤而表现，

实因了蚩蚩平凡的民众而表现的。

台北家居 / 梁实秋

“长安米贵，居大不易”，原是调侃白居易名字的戏语。台北米不贵，可是居也不易。三十八年左右来台北定居的人，大概都有一个共同的感觉，觉得一生奔走四方，以在台北居住的这一段期间为最长久，而且也最安定。不过台北家居生活，三十多年中，也有不少变化。

我幸运，来到台北三天就借得一栋日式房屋。约有三十多坪，前后都有小小的院子，前院有两窠香蕉，隔着窗子可以窥视累累的香蕉长大，有时还可以静听雨打蕉叶的声音。没有围墙，只有矮矮的栅门，一推就开。室内铺的是榻榻米，其中吸收了水气不少，微有霉味，寄居的蚂蚁当然密度很高。没有纱窗，蚊蚋出入自由，到了晚间没有客人敢赖在我家久留不去。“衡门之下，可以栖迟。”不久，大家的生活逐渐改良了，铁丝纱、尼龙纱铺上了窗栏，很多人都混上了床，藤椅、藤沙发也广泛的出现，榻榻米店铺被淘汰了。

在未装纱窗之前，大白昼我曾眼看着一个穿长衫的人推我栅门而入，他不敲房门，径自走到窗前伸手拿起窗台上放着的一只闹钟，扬长而去。我追出去的时候，他已经一溜烟的跑了。这不算偷，不算抢，只是不告而取，而且取后未还，好在这种事起初不常有。窃贼不多的原因之一是一般人家里没有多少值得一偷的东西。我有一位朋友一连遭窃数次，都是把他床上铺盖席卷而去，对于一个身无长物的人来说，这也不能不说是损失惨重了。我家后来也蒙梁上君子惠顾过一回，他闯入厨房搬走一只破旧的电锅。我马上买了一只新的，因为要吃饭不可一日无此君。不是我没料到拿去的破锅不足以厌其望，并且会受到师父的辱骂，说不定会再来找补一点什么，而是我大意了，没有把新锅藏起来，果然，第二天夜里，新锅不翼而飞。此后我就坚壁清野，把不愿被人携去的东西妥为收藏。

中等人家不能不雇用人，至少要有人负责炊事。此间乡间少女到城市帮佣，原来很多大部分是想藉此摄取经验，以为异日主持中馈的准备，所以主客相待以礼，各如其分。这和雇用三河县老妈子就迥异其趣了。可是这种情况急遽变化，工厂多起来了，商店多起来了，到处都需要女工，人孰无自尊，谁也不甘长久的为人“斫苏切脯，筑肉臛芋”。于是供求失调，工资暴涨，而且服务的情形也不易得到雇主的满意。好多人家都抱怨，佣人出去看电影要为她等门；她要交男友，不胜其扰；她要看电视，非看完一切节目不休；她要休假、返乡、借支；她打破碗盏不作声；她敞开水管洗衣服。在另一方面，她也有她的抱怨：主妇碎嘴唠叨，而且服务项目之多恨不得要向王褒的“僮约”看齐，“不得辰出夜入，交关伴偶”。总之，不久缘尽，不欢而散的居多。如今局面不同了。多数人家不用女工，最多只用半工，或以钟点计工。不少妇女回到厨房自主中馈。懒的时候打开冰箱取出陈年膳菜或是罐头冷冻的东西，不必翻食谱，不必起油锅，拼拼凑凑，即可度命。馋的时候，阖家外出，台北餐馆大大小小一千四百余家，平津、宁浙、淮扬、川、湘、粤，任凭选择，牛肉面、自助餐，也行。妙在所费不太多，孩子们皆大欢喜，主妇怡然自得，主男也无须拉长驴脸站在厨房水槽前面洗盘碗。

台北的日式房屋现已难得一见，能拆的几乎早已拆光。一般的人家居住在四楼的公寓或七楼以上的大厦。这种房子实际上就像是鸽窝蜂房。通常前面有个几尺宽的小洋台，上面摆列几盆尘灰渍染的花草，恹恹了无生气；楼上浇花，楼下落雨，行人淋头。后面也有个更小的洋台，悬有衣裤招展的万国旗。客人来访，一进门也许抬头看见一个倒挂着的“福”字，低头看到一大堆半新不旧的拖鞋——也许要换鞋，也许不要换，也许主人希望你换而口里说不用换，也许你不想换而问主人要不要换，也许你硬是不换而使主人瞪你一眼。客来献茶？没有那么方便的开水，都是利用热水瓶。盖碗好像早已失传，大部分是使用玻璃杯。其实正常的人家，客已渐渐稀少，谁也没有太多的闲暇串门子闲磕牙，有事需要先期电话要约。杜甫诗："但使残年饱吃饭，只愿无事长相见。"现在不行，无事为什么还要长相见？

"千金买房，万金买邻"话是不错，但是谈何容易？谁也料不到，楼上一家偶尔要午夜跳舞，蓬拆之声盈耳；隔壁一家常打麻将，连战通宵；对门一家养哈巴狗，不分晨夕的吠影吠声，一位新来的住户提出抗议，那狗主人忿然作色说："你搬来多久？我的狗在此已经吠了两年多。"街坊四邻不断的有人装修房屋，而且要装修得像是电视综艺节目的背景，敲敲打打历时经旬不止。最可怕的是楼下开了一家汽车修理厂，日夜服务，不但叮叮当当响起敲打乐，而且漆髹焊接一概俱全，马达声、喇叭声不绝于耳。还有葬车出殡，一路上有音乐伴奏，不时的燃放爆竹，更不幸的是邻近有人办白事，连夜的诵经放焰口，那就更不得安生了。"大隐隐朝市"，我有一位朋友想"小隐隐陵薮"，搬到乡野，一走了之，但是立刻就有好心的人劝阻他说："万万不可，乡下无医院，万一心脏病发，来不及送院急救，怕就要中道崩殂！"我的朋友吓得只好客居在红尘万丈的闹市之中。

家居不可无娱乐。卫生麻将大概是一些太太的天下。说它卫生也不无道理，至少上肢运动频数，近似蛙式游泳。只要时间不太长、输赢不大，十圈八圈的通力合作，总比在外面为非作歹、伤风败俗要好得多。公务人员与知识分子也有乐此不疲者。梁任公先生说过："只有打麻将能令我忘却读书，只有读书能令我忘却打麻将。"我们觉得饱学如梁先生者，不妨打打麻将。也许电视是如今最受欢迎的家庭娱乐了，只要具有初高中程度，或略识之无，甚至文盲，都可以欣赏。当然，胃口需要相当强健，否则看了一些狞眉皱眼怪模怪样而自以为有趣的面孔，或是奇装异服不男不女蹦蹦跳跳的人妖，岂不要作呕？年轻的一代，自有他们的天地，郊游、露营、电影院、舞厅、咖啡馆，都是赏心悦目的胜地，家庭有娱乐，对他们而言，恐怕是渐渐的认为不大可能了。

五十多年前，丁西林先生对我说，他理想中的家庭具备五个条件：一是糊涂的老爷；二是能干的太太；三是干净的孩子；四是和气的佣人；五是二十四小时的热水供应。这是他个人的理想，但也并非是笑话。他所谓糊涂，当然是"小事糊涂，大事不糊涂"；所谓能干是指里里外外上上下下一手承担；所谓干净是说穿戴整洁不淌鼻涕；所谓和气是吃饱喝足之后所自然流露出来的一股温暖；至于热水供应，则是属于现代设备的问题。如果丁先生现住台北，他会修正他的理想。旧时北平中上之家讲究"天棚、鱼缸、石榴树，先生、肥狗、胖丫头"，那理想更简单了。台北家居，无所谓天棚，中上人家都有冷气，热带鱼和金鱼缸各有情趣，石榴树不见得不如兰花，家里请先生则近似恶补，养猫养狗更是稀松平常，病了还有猫狗专科医院可以就诊（在外国见到的猫狗美容院此地尚付阙如），胖丫头则丫头制度已不存在，遑论胖与不胖？说不定胖了还要设法减肥。

台北家居是相当安全的。舞动长刀扁钻杀人越货的事常有所闻，不过独行盗登门抢劫的事是少有的。像某些国家之动辄抢银行、劫火车，则此地之安谧甚为显然。夜不闭户是办不到的，好多人家窗上装了栅栏甘愿尝受铁窗风味，也无非是戒慎预防之意。至于流氓滋事，无地无之，是非之地少去便是。台北究竟是一个住家的好地方。

移家琐记 / 郁达夫

一

流水不腐，这是中国人的俗话，Stagnant Pond，这是外国人形容固定的颓毁状态的一个名词。在一处羁住久了，精神上习惯上，自然会生出许多霉烂的斑点来。更何妨洋场米贵，狭巷人多，以我这一个穷汉，夹杂在三百六十万上海市民的中间，非但汽车，洋房，跳舞，美酒等文明的洪福享受不到，就连吸一口新鲜空气，也得走十几里路。移家的心愿，早就有了；这一回却因朋友之介，偶尔在杭城东隅租着一所适当的闲房，筹谋计算，也张罗拢了二三百块洋钱，于是这很不容易成就的戋戋私愿，竟也猫猫虎虎地实现了。小人无大志，蜗角亦乾坤，触蛮鼎定，先让我来谢天谢地。

搬来的那一天，是春雨霏微的星期二的早上，为计时日的正确，只好把一段日记抄在下面：

一九三三年四月廿五（阴历四月初一），星期二，晨五点起床，窗外下着蒙蒙的时雨，料理行装等件，赶赴北站，衣帽尽湿。携女人儿子及一仆妇登车，在不断的雨丝中，向西进发。野景正妍，除白桃花，菜花，棋盘花外，田野里只一片嫩绿，浅淡尚带鹅黄，此番因自上海移居杭州，故行李较多，视孟东野稍为富有，沿途上落，被无产同胞的搬运夫，敲刮去了不少。午后一点到杭州城站，雨势正盛，在车上蒸干之衣帽，又涔涔湿矣。

新居在浙江图书馆侧面的一堆土山旁边，虽只东倒西斜的三间旧屋，但比起上海的一楼一底的弄堂洋房来，究竟宽敞得多了，所以一到寓居，就开始做室内装饰的工作。沙发是没有的，镜屏是没有的，红木器具，壁画纱灯，一概没有。几张板桌，一架旧书，在上海时，塞来塞去，只觉得没地方塞的这些破铜烂铁，一到了杭州，向三间连通的矮厅上一摆，看起来竟空空洞洞，像煞是沧海中间的几颗粟米了。最后装上壁去的，却是上海八云装饰设计公司送我的一块石膏圆面。塑制者是江山徐葆蓝氏，面上刻出的是圣经里马利马格大伦的故事。看来看去，在我这间黝暗矮阔的大厅陈设之中，觉得有一点生气的，就只是这一块同深山白雪似的小小的石膏。

二

向晚雨歇，电灯来了。灯光灰暗不明，问先搬来此地住的王母以“何不用个亮一点的灯球”？方才知道朝市而今虽不是秦，但杭州一隅，也决不是世外的桃源，这样要捐，那样要税，居民的负担，简直比世界哪一国的首都，都加重了；即以电灯一项来说，每一个字，在最近也无法地加上了好几成的特捐。“烽火满天殍满地，儒生何处可逃秦？”这是几年前做过的叠秦韵的两句山歌，我听了这些话后，嘴上虽则不念出来，但心里却也私私地转想了好几次。腹诽若要加刑，则我这一篇琐记，又是自己招认的供状了，罪过罪过。

三更人静，门外的巷里，忽传来了些笃笃笃的敲小竹梆的哀音。问是什么？说是卖馄饨圆子的小贩营生。往年这些担头很少，现在冷街僻巷，都有人来卖到天明了，百业的凋敝，城市的萧条，这总也是民不聊生的一点点的实证吧？

新居落寞，第一晚睡在床上，翻来覆去总睡不着觉。夜半挑灯，就只好拿出一本新出版的《两地书》来细读。有一位批评家说，作者的私记，我们没有阅读的义务。当时我对这话，倒也佩服得五体投地，所以书店来要我出书简集的时候，我就坚决地谢绝了，并且还想将一本为无钱过活之故而拿去出卖的日记都教他们毁版，以为这些东西，是只好于死后，让他人来替我印行的；但这次将鲁迅先生和密斯许的书简集来一读，则非但对那位批评家的信念完全失掉，并且还在这一部两人的私记里，看出了许多许多平时不容易看到的社会黑暗面来。至如鲁迅先生的诙谐愤俗的气概，许女士的诚实庄严的风度，还是在长书短简里自然流露的余音，由我们熟悉他们的人看来，当然更是味中有味，言外有情，可以不必提起，我想就是绝对不认识他们的人，读了这书，至少也可以得到几多的教训，私记私记，义务云乎哉？

从半夜读到天明，将这《两地书》读完之后，神经觉得愈兴奋了，六点敲过，就率性走到楼下去洗了一洗手脸，换了一身衣服，踏出大门，打算去把这杭城东隅的侵晨朝景，看它一个明白。

三

夜来的雨，是完全止住了，可是外貌像马加弹姆式的沙石马路上，还满涨着淤泥，天上也还浮罩着一层明灰的云幕。路上行人稀少，老远老远，只看得见一部慢慢在向前拖走的人力车的后形。从狭巷里转出东街，两旁的店家，也只开了一半，连挑了菜担在沿街赶早市的农民，都像是没有灌气的橡皮玩具。四周一看，萧条复萧条，衰落又衰落，中国的农村，果然是破产了，但没有实业生产机关，没有和平保障的像杭州一样的小都市，又何尝不在破产的威胁下战栗着待毙呢？中国目下的情形，大抵总是农村及小都市的有产者，集中到大都会去。在大都会的帝国主义保护之下变成殖民地的新资本家，或变成军阀官僚的附属品的少数者，总算是找着了出路。他们的货财，会愈积而愈多，同时为他们所牺牲的同胞，当然也要加速度的倍加起来。结果就变成这样的一个公式：农村中的有产者集中小都市，小都市的有产者集中大都会，等到资产化尽，而生财无道的时候，则这些素有恒产的候鸟就又得倒转来从大都会而小都市而仍返农村去作贫民。辗转循环，丝毫不爽，这情形已经继续了二三十年了，再过五年十年之后的社会状态，自然可以不卜而知了啦，社会的症结究在哪里？唯一的出路究在哪里？难道大家还不明白吗？空喊着抗日抗日，又有什么用处？

一个人在大街上踱着想着，我的脚步却于不知不觉的中间，开了倒车，几个弯儿一绕，竟又将我自己的身体，搬到了大学近旁的一条路上来了。向前面看过去，又是一堆土山。山下是平平的泥路和浅浅的池塘。这附近一带，我儿时原也来过的。二十几年前头，我有一位亲戚曾在报国寺里当过军官，更有一位哥哥，曾在陆军小学堂里当过学生。既然已经回到了寓居的附近，那就爬上山去看它一看吧，好在一晚没有睡觉，头脑还有点儿糊涂，登高望望四境，也未始不是一帖清凉的妙药。

天气也渐渐开朗起来了，东南半角，居然已经露出了几点青天和一丝白日。土山虽则不高，但眺望倒也不坏。湖上的群山，环绕在西北的一带，再北是空间，更北是湖外境内的发祥的青山了。东面迢迢，看得见的，是临平山，皋亭山，黄鹤山之类的连峰叠嶂。再偏东北处，大约是唐栖镇上的超山山影，看去虽则不远，但走走怕也有半日好走哩。在土山上环视了一周，由远及近，用大量观察法来一算，我才明白了这附近的地理。原来我那新寓，是在军装局的北方，而三面的土山，系遥接着城墙，围绕在军装局的框外的。怪不得今天破晓的时候，还听见了一阵喇叭的吹唱，怪不得走出新寓的时候，还看见了一名荷枪直立的守卫士兵。

“好得很！好得很！……”我心里在想，“前有图书，后有武库，文武之道，备于此矣！”我心里虽在这样的自作有趣，但一种没落的感觉，一种不能再在大都会里插足的哀思，竟渐渐地渐渐地溶浸了我的全身。

原载于一九三三年五月四日至六日《申报·自由谈》

买彩票 / 老舍

在我们那村里，抓会赌彩是自古有之。航空奖券，自然的，大受欢迎。头彩五十万，听听！二姐发起集股合作，首先拿出大洋二角。我自己先算了一卦，上吉，于是拿了四角。和二姐算计了好大半天，原来还短着九元四才够买一张的。我和她分头去宣传，五十万，五十万，五十个人分，每人还落一万，二角钱弄一万！举村若狂，连狗都听熟了“五十万”，凡是说“五十万”的，哪怕是生人，也立刻摇尾而不上前一口把腿咬住。闹了整一个星期；十元算是凑齐；我是最大的股员。三姥姥才拿了五分，和四姨五姨共同凑了一股；她们还立了一本账簿。

上哪里去买呢？还得算卦。二姐不信任我的诸葛金钱课，花了五大枚请王瞎子占了个马前神课……利东北。城里有四家代售处；利成记在城之东北；决议，到利成记去买。可是，利成是四家买卖中最小的一号，只卖卷烟煤油，万一把十元拐去，或是卖假券呢！

又送了王瞎子五大枚，从新另占。西北也行，他说；不但是行，他细掐过手指，还比东北好呢！西北是恒祥记，大买卖，二姐出阁时的缎子红被还是那儿买的呢。

谁去买？又是个问题。按说我是头号股员，我应当跑一趟。可是我是属牛的，今年是鸡年，总得找属鸡的，还得是男性，女性丧气。只有李家小三是鸡年生的，平日那些属鸡的好像都变了，找不着一个。小三自己去太不放心啊，于是决定另派二员金命的男人妥为保护。挑了吉日，三位进城买票。

票买来了，谁拿着呢？我们村里的合作事业有个特点，谁也不信任谁。经过三天三夜的讨论，还是交给了三姥姥，年高虽不见得必有德，可是到底手脚不利落，不至私自逃跑。

直到开彩那天，大家谁也没睡好觉。以我自己说，得了头彩——还能不是我们得吗？！——就分两万，这两万怎么花？买处小房，好，房的地点，样式，怎么布置，想了半夜。不，不买房子，还是作买卖好，于是铺子的地点、形式、种类，怎么赚钱，赚了钱以后怎样发展，又是半夜。天上的星星，河边的水泡，都看着像洋钱。清晨的鸟鸣，夜半的虫声，都说着“五十万”。偶尔睡着，手按在胸上，梦见一堆现洋压在身上，连气也出不得！特意买了一付骨牌，为是随时打卦。打了坏卦，不算，另打；于是打的都是好卦，财是发准了。

开奖了。报上登出前五彩，没有我们背熟了的那一号。房子，铺子……随着汗全走了。等六彩七彩吧，头五奖没有，难道还不中个小六彩？又算了一卦，上吉；六彩是五百，弄几块作件夏布大衫也不坏。于是一边等着六彩七彩的揭露，一边重读前五彩的号数，替得奖的人们想着怎么花用的方法，未免有些羡妒，所以想着想着便想到得奖人的乐极生悲，也许被钱烧死；自己没得也好；自然自己得奖也不见得就烧死。无论怎说，心中有点发堵。

六彩七彩也登出来了，还是没咱们的事，这才想起对尾子，连尾子都和我们开玩笑，我们的是个“三”，大奖的偏偏是个“二”。没办法！

二姐和我是发起人呀！三姥姥向我们俩要索她的五分。没法不赔她。赔了她，别人的二角也无意虚掷。二姐这两天生病，她就是有这个本事，心里一想就会生病。剩下我自己打发大家的二角。打发完了，二姐的病也好了，我呢，昨天夜里睡得很清甜。

载一九三三年九月一日《论语》第二十四期

灵魂的巢 / 冯骥才

对于一些作家，故乡只属于自己的童年。它是自己生命的巢，生命在那里诞生；一旦长大后羽毛丰满，它就远走高飞。但我却不然，我从来没有离开过自己的家乡。我太熟悉一次次从天南海北，甚至远涉重洋旅行归来而返回故土的那种感觉了。只要在高速路上看到“天津”的路牌，或者听到航空小姐说出它的名字，心中便充溢着一种踏实、一种温情、一种彻底的放松。

我喜欢在夜间回家，远远看到家中亮着灯的窗子，一点点愈来愈近。一次一位生活杂志的记者要我为“家庭”下一个定义。我马上想到这个亮灯的窗子，柔和的光从纱帘中透出，静谧而安详。我不禁说：“家庭是世界上唯一可以不设防的地方。”

我的故乡给了我的一切。

父母、家庭、孩子、知己和人间不能忘怀的种种情谊。我的一切都是从这里开始。无论是咿咿呀呀地学话还是一部部十数万字或数十万字的作品的写作，无论是梦幻般的初恋还是步入茫茫如大海的社会。当然，它也给我人生的另一面，那便是挫折、穷困、冷遇与折磨，以及意外的灾难，比如抄家和大地震，都像利斧一样，至今在我心底留下了永难平复的伤痕。我在这个城市里搬过至少十次家。有时真的像老鼠那样被人一边喊打一边轰赶。我还有过一次非常短暂的神经错乱，但若有神助一般地被不可思议地纠正回来。在很多年的生活中，我都把多一角钱肉馅的晚饭当作美餐，把那些帮我说几句好话的人认作贵人。然而，就是在这样的困境中，我触到了人生的真谛。从中掂出种种情义的分量，也看透了某些脸后边的另一张脸。我们总说生活不会亏待人。那是说当生活把无边的严寒铺盖在你身上时，一定还会给你一根火柴。就看你识不识货，是否能够把它擦着，烘暖和照亮自己的心。

写到这里，很担心我把命运和生活强加给自己的那些不幸，错怪是故乡给我的。我明白，在那个灾难没有死角的时代，即使我生活在任何城市，都同样会经受这一切。因为我相信阿·托尔斯泰那句话，在我们拿起笔之前，一定要在火里烧三次，血水里泡三次，碱水里煮三次。只有到了人间的底层才会懂得，唯生活解释的概念才是最可信的。

然而，不管生活是怎样的滋味，当它消逝之后，全部都悄无声息地留在这城市中了。因为我的许多温情的故事是裹在海河的风里的，我挨批挨斗就在五大道上。一处街角、一个桥头、一株弯曲的老树，都会唤醒我的记忆，使我陡然“看见”昨日的影像，它常常叫我骄傲地感觉到自己拥有那么丰富又深厚的人生。而我的人生全装在这个巨大的城市里。

更何况，这城市的数百万人，还有我们无数的先辈，也都把他们人生故事书写在这座城市中了。一座城市怎么会有如此庞博的承载与记忆？别忘了——城市还有它自身非凡的经历与遭遇呢！

最使我痴迷的还是它的性格。这性格一半外化在它的形态上，一半潜在它地域的气质里。这后一半好像不容易看见，它深刻地存在于此地人的共性中。城市的个性是当地的人一代代无意中塑造出来的。可是，城市的性格一旦形成，就会反过来同化这个城市的每一个人。我身上有哪些东西来自这个城市的文化，孰好孰坏？优根劣根？我说不好。我却感到我和这个城市的人们浑然一体，我和他们气息相投，相互心领神会，有时甚至不需要语言交流。我相信，对于自己的家乡就像对你真爱的人，一定不只是爱它的优点。或者说，当你连它的缺点都觉得可爱时——它才是你真爱的人，才是你的故乡。

一次，在法国，我和妻子南下去到马赛。中国驻马赛的领事对我说，这儿有位姓屈的先生，是天津人，听说我来了，非要开车带我到处跑一跑。待与屈先生一见，情不自禁说出两三句天津话，顿时一股子唯津门才有的热烈与义气劲儿扑入心头。屈先生一踩油门，便从普罗旺斯一直跑到西班牙的巴塞罗那。一路上，说的尽是家乡的新闻与旧闻、奇人趣事，直说得浑身热辣辣，五体流畅，上千公里的漫长的路竟全然不觉。到底是什么东西使我们如此亲热与忘情?

家乡把它怀抱里的每个人都养育成自己的儿子。它哺育我的不仅是海河蔚蓝色的水和亮晶晶的小站稻米，更是它斑斓又独异的文化。它把我们改造为同一的文化血型，它精神的因子已经注入我的血液中。这也是我特别在乎它的历史遗存、城市形态乃至每一座具有纪念意义的建筑的缘故。我把它们看作是它精神与性格之所在，而绝不仅仅是使用价值。

我知道，人的命运一半在自己手里，一半还得听天由命。今后我是否还一直生活在这里尚不得知。但我无论到哪里，我都是天津人。不仅因为天津是我出生地——它绝不只是我生命的巢，而是灵魂的巢。

冬天 / 朱自清

说起冬天，忽然想到豆腐。是一“小洋锅”（铝锅）白煮豆腐，热腾腾的。水滚着，像好些鱼眼睛，一小块一小块豆腐养在里面，嫩而滑，仿佛反穿的白狐大衣。锅在“洋炉子”（煤油不打气炉）上，和炉子都熏得乌黑乌黑，越显出豆腐的白。这是晚上，屋子老了，虽点着“洋灯”，也还是阴暗。围着桌子坐的是父亲跟我们哥儿三个。“洋炉子”太高了，父亲得常常站起来，微微地仰着脸，觑着眼睛，从氤氲的热气里伸进筷子，夹起豆腐，一一的放在我们的酱油碟里。我们有时也自己动手，但炉子实在太高了，总还是坐享其成的多。这并不是吃饭，只是玩儿。父亲说晚上冷，吃了大家暖和些。我们都喜欢这种白水豆腐；一上桌就眼巴巴望着那锅，等着热气里从父亲筷子上掉下来的豆腐。

又是冬天，记得是阴历十一月十六晚上，跟 S 君 P 君在西湖里坐小划子。S 君刚到杭州教书，事先来信说：“我们要游西湖，不管它是冬天。”那晚月色真好，想起来还像照在身上。本来前一晚是“月当头”；也许十一月的月亮真有些特别吧。那时九点多了，湖上似乎只有我们一只划子。有点风，月光照着软软的水波；当间那一溜儿反光，像新砑的银子。湖上的山只剩了淡淡的影子。山下偶尔有一两星灯火。S 君口占两句诗道：“数星灯火认渔村，淡墨轻描远黛痕。”我们都不大说话，只有均匀的桨声。我渐渐的快睡着了。P 君“喂”了一下，才抬起眼皮，看见他在微笑。船夫问要不要上净寺去；是阿弥陀佛生日，那边蛮热闹的。到了寺里，殿上灯烛辉煌，满是佛婆念佛的声音，好像醒了一场梦。这已是十多年前的事了，S 君还常常通着信，P 君听说转变了好几次，前年是在一个特税局里收特税了，以后便没有消息。

在台州过了一个冬天，一家四口子。台州是个山城，可以说在一个大谷里。只有一条二里长的大街。别的路上白天简直不大见人；晚上一片漆黑。偶尔人家窗户里透出一点灯光，还有走路的拿着的火把；但那是少极了。我们住在山脚下。有的是山上松林里的风声，跟天上一只两只的鸟影。夏末到那里，春初便走，却好像老在过着冬天似的；可是即便真冬天也并不冷。我们住在楼上，书房临着大路；路上有人说话，可以清清楚楚的听见。但因为走路的人太少了，间或有点说话的声音，听起来还只当远风送来的，想不到就在窗外。我们是外路人，除上学校去之外，常只在家里坐着。妻也惯了那寂寞，只和我们爷儿们守着。外边虽老是冬天，家里却老是春天。有一回我上街去，回来的时候，楼下厨房的大方窗开着，并排地挨着她们母子三个；三张脸都带着天真微笑的向着我。似乎台州空空的，只有我们四人；天地空空的，也只有我们四人。那时是民国十年，妻刚从家里出来，满自在。现在她死了快四年了，我却还老记着她那微笑的影子。

无论怎么冷，大风大雪，想到这些，我心上总是温暖的。

原载一九三三年十二月一日《中学生》第四十号

愿 / 许地山

南普陀寺里的大石，雨后稍微觉得干净，不过绿苔多长一些。天涯的淡霞好像给我们一个天晴的信。树林里的虹气，被阳光分成七色。树上，雄虫求雌的声，凄凉得使人不忍听下去。妻子坐在石上，见我来，就问："你从哪里来？我等你许久了。"

"我领着孩子们到海边捡贝壳咧。阿琼捡着一个破贝，虽不完全，里面却像藏着珠子的样子。等他来到，我教他拿出来给你看一看。"

"在这树荫底下坐着，真舒服呀！我们天天到这里来，多么好呢！"

妻说："你哪里能够？……"

"为什么不能？"

"你应当作荫，不应当受荫。"

"你愿我作这样的荫么？"

“这样的荫算什么！我愿你作无边宝华盖，能普荫一切世间诸有情；愿你为如意净明珠，能普照一切世间诸有情；愿你为降魔金刚杵，能破坏一切世间诸障碍；愿你为多宝盂兰盆，能盛百味，滋养一切世间诸饥渴者；愿你有六手，十二手，百手，千万手，无量数那由他如意手，能成全一切世间等等美善事。”

我说：“极善，极妙！但我愿做调味的精盐，渗入等等食品中，把自己的形骸融散，且回复当时在海里的面目，使一切有情得尝咸味，而不见盐体。”

妻子说：“只有调味，就能使一切有情都满足吗？”

我说：“盐的功用，若只在调味，那就不配称为盐了。”

读书与冥想 / 夏丏尊

如果说山是宗教的，那么湖可以说是艺术的、神秘的，海可以说是革命的了。

梅戴林克的作品近于湖，易卜生的作品近于海。

湖大概在山间，有一定数目的鳞介做它的住民，深度性状也不比海的容易不一定。幽邃寂寥，易使人起神秘的妖魔的联想。古来神妖的传说多与湖有关系：《楚辞》中洞庭的湘君，是比较古的神话材料。西湖的白蛇，是妇孺皆知的民众传说。此外如巢湖的神姥（刘后村《诗话》：姜白石有《平调满江红》词，自序云："《满江红》旧词用仄韵，多不协律……予欲以平韵为之，久不能成。因泛巢湖……祝曰：'得一夕风，当以《平韵满江红》为迎送神曲。'言讫，风与笔俱驶，顷刻而成"）、芙蓉湖的赤鲤（《南徐州记》："子英于芙蓉湖捕得一赤鲤，养之一年生两翅。鱼云：'我来迎汝。’子英骑之，即乘风雨腾而上天，每经数载，来归见妻子，鱼复来迎”）、小湖的鱼（《水经注》：“谷水出吴小湖，径由卷县故城下。《神异传》曰：‘由卷县，秦时长水县也。’始皇时县有童谣曰：‘城门当有血，城陷没为湖。’有老妪闻之忧惧，旦往窥城门，门侍欲缚之，妪言其故。后，门侍杀犬以血涂门。妪又往，见血走去，不敢顾。忽又大水长欲没县，主簿令干入白令。令见干曰：‘何忽作鱼？’干又曰：‘明府亦作鱼。’遂乃沦为谷矣”）、白马湖的白马（《水经注》：“白马潭深无底。传云：创湖之始，边塘屡崩，百姓以白马祭之，因以名水。”又，《上虞县志》：晋县令周鹏举治上虞有声，相传乘白马入湖仙去）等都是适当的例证。湖以外的地象，如山、江、海等，虽也各有关联的传说，但恐没有像湖的传说来得神秘的和妖魔的了，可以说湖是地象中有魔性的东西。

将自己的东西给与别人，还是容易的事，要将不是自己的东西当作自己的所有来享乐，却是一件大大的难事。“虽他乡之洵美兮，非吾土之可怀”，就是这心情的流露。每游公园名胜等公共地方的时候，每逢借用公共图书的时候，我就起同样的心情，觉得公物虽好，不及私有的能使我完全享乐，心地的窄隘，真真愧杀。这种窄隘的心情，完全是私有财产制度养成的。私有财产制度一面使人能占有所有，一面却使人把所有的范围减小，使拥有万象的人生变为可怜的穷措大了。

熟于办这事的曰老手、曰熟手，杀人犯曰凶手，运动员曰选手，精于棋或医的人曰国手，相助理事曰帮手，供差遣者曰人手，对于这事负责任的曰经手，处理船务的曰水手……手在人类社会的功用真不小啊。

人类的进化可以说全然是手的恩赐，一切机械就是手的延长。动物虽有四足，因为无手的缘故，进步遂不及人类。

近来时常做梦，有儿时的梦，有遇难的梦，有遇亡人的梦。

一般皆认梦为虚幻，其实由某种意义看，梦确是人生的一部分，并且有时比现实生活还要真实。白日的秘密，往往在梦呓中如实暴露。在悠然度日的人们，突然遇着死亡疾病灾祸等人世的实相的时候，也都惊异地说："这不是梦吗？""好比做了一场梦！"

梦是个人行为和社会状况的反光镜。正直者不会有窃物的梦，理想社会的人们不会有遇盗劫受兵灾的梦。

高山不如平地大。平的东西都有大的涵义。或者可以竟说平的就是大的。

人生不单因了少数的英雄圣贤而表现，实因了蚩蚩平凡的民众而表现的。啊，平凡的伟大啊。

莎翁戏曲中的男性几乎没有一个完全的人。《阿赛洛》中的阿赛洛，《叙利·西柴》中的西柴等，都是有缺点的英雄；《哈姆列脱》中的哈姆列脱，是空想的神经质的人物，《洛弥阿与叙列叶》中的洛弥阿是性急的少年。

但是，他的作品中的女性几乎没有一个不是聪明贤淑、完全无疵的人。《利亚王》中的可莱利亚，《阿赛洛》中的代斯代马那，《威尼斯商人》中的朴尔谢等，都是女性的最高的典型（据拉斯京的《女王的花园》）。

莎翁将人世悲哀的原因归诸人性的缺陷，这性格的缺陷又偏单使男性负担。在莎翁剧中，悲剧是由男性发生，女性则常居于救济者或牺牲者的地位。

教师对于学生所应取的手段，只有教育与教训二种：教育是积极的辅助，教训是消极的防制。这两种作用，普通皆依了教师的口舌而行。要想用口舌去改造学生，感化学生，原是一件太不自量的事，特别地在教训一方面，效率尤小。可是教师除了这笨拙的口舌，已没有别的具体的工具了。不用说，理想的教师应当把真心装到口舌中去，但无论口舌中有否笼着真心，口舌总不过是口舌，这里面有着教师的悲哀。

能知道事物的真价的，是画家、文人、诗人。凡是艺术，不以表示了事物的形象就算满足，还要捕捉潜藏在事物背面或里面的生命。近代艺术的所以渐渐带着象征的倾向，就是为此。

生物学者虽知把物分为生物与无生物，其实世间的一切都是活着的。泥土也是活的，水也是活的，灯火也是活的，花瓶也是活的，都有着力，都有着生命。不过这力和生命，在昏于心眼的人却是无从看见，无从理会。

学画兰花只要像个兰花，学画山水只要像个山水，是容易的，可是要他再好，是不容易的了。写字但求写得方正像个字，是容易的，可是要他再好是不容易的了。

真要字画文章好，非读书及好好地做人不可，不是仅从字画文章上学得好的。那么，有好学问或好人格的人都可以成书画家文章家了吗？那却不然，因为书画文章在某种意义上是艺术的缘故。

刊《春晖》第三期、第十二期

抬头见喜 / 老舍

对于时节，我向来不特别的注意。拿清明说吧，上坟烧纸不必非我去不可，又搭着不常住在家乡，所以每逢看见柳枝发青便晓得快到了清明，或者是已经过去。对重阳也是这样，生平没在九月九登过高，于是重阳和清明一样的没有多大作用。

端阳，中秋，新年，三个大节可不能这么马虎过去。即使我故意躲着它们，账条是不会忘记了我的。也奇怪，一个无名之辈，到了三节会有许多人惦记着，不但来信，送账条，而且要找上门来！

设若故意躲着借款，着急，设计自杀等等，而专讲三节的热闹有趣那一面儿，我似乎是最喜爱中秋。“似乎”，因为我实在不敢说准了。幼年时，中秋必是个很可喜的节，要不然我怎么还记得清清楚楚那些“兔儿爷”的样子呢？有“兔儿爷”玩，这个节必是过得十二分有劲。可是从另一方面说，至少有三次喝醉是在中秋；酒入愁肠呀！所以说“似乎”最喜爱中秋。

事真凑巧，这三次“非杨贵妃式”的醉酒我还都记得很清楚。那么，就说上一说呀。第一次是在北平，我正住在翊教寺一家公寓里。好友卢嵩庵从柳泉居运来一坛子“竹叶青”。又约来两位朋友——内中有一位是不会喝的——大家就抄起茶碗来。坛子虽大，架不住茶碗一个劲进攻；月亮还没上来，坛子已空。干什么去呢？打牌玩吧。各拿出铜元百枚，约合大洋七角多，因这是古时候的事了。第一把牌将立起来，不晓得——至今还不晓得——我怎么上了床。牌必是没打成，因为我一睁眼已经红日东升了。

第二次是在天津，和朱荫棠在同福楼吃饭，各饮绿茵陈二两。吃完饭，到一家茶肆去品茗。我朝窗坐着，看见了一轮明月，我就吐了。这回决不是酒的作用，毛病是在月亮。

第三次是在伦敦。那里的秋月是什么样子，我说不上来——也许根本没有月亮其物。中国工人俱乐部里有多人凑热闹，我和沈刚伯也去喝酒。我们俩喝了两瓶葡萄酒。酒是用葡萄还是葡萄叶儿酿的，不可得而知，反正价钱很便宜；我们俩自古至今总没作过财主。喝完，各自回寓所。一上公众汽车，我的脚忽然长了眼睛，专找别人的脚尖去踩。这回可不是月亮的毛病。

对于中秋，大致如此——无论如何也不能说它坏。就此打住。

至若端阳，似乎可有可无。粽子，不爱吃。城隍爷现在也不出巡；即使再出巡，大概也没有跟随着走几里路的兴趣。樱桃真是好东西，可惜被黑白桑葚给带累坏了。

新年最热闹，也最没劲，我对它老是冷淡的。自从一记事儿起，家中就似乎很穷。爆竹总是听别人放，我们自己是静寂无哗。记得最真的是家中一张《王羲之换鹅》图。每逢除夕，母亲必把它从个神秘的地方找出来，挂在堂屋里。姑母就给说那个故事；到如今还不十分明白这故事到底有什么意思，只觉得“王羲之”三个字倒很响亮好听。后来入学，读了《兰亭序》，我告诉先生，王羲之是在我的家里。

长大了些，记得有一年的除夕，大概是光绪三十年前的一二年，母亲在院中接神，雪已下了一尺多厚。高香烧起，雪片由漆黑的空中落下，落到火光的圈里，非常的白，紧接着飞到火苗的附近，舞出些金光，即行消灭；先下来的灭了，上面又紧跟着下来许多，像一把“太平花”倒放。我还记着这个。我也的确感觉到，那年的神仙一定是真由天上回到世间。

中学的时期是最忧郁的，四五个新年中只记得一个，最凄凉的一个。那是头一次改用阳历，旧历的除夕必须回学校去，不准请假。姑母刚死两个多月，她和我们同住了三十年的样子。她有时候很厉害，但大体上说，她很爱我。哥哥当差，不能回来。家中只剩母亲一人。我在四点多钟回到家中，母亲并没有把“王羲之”找出来。吃过晚饭，我不能不告诉母亲了——我还得回校。她愣了半天，没说什么。我慢慢的走出去，她跟着走到街门。摸着袋中的几个铜子，我不知道走了多少时候，才走到了学校。路上必是很热闹，可是我并没看见，我似乎失了感觉。到了学校，学监先生正在学监室门口站着。他先问我：“回来了？”我行了个礼。他点了点头，笑着叫了我一声：“你还回去吧。”这一笑，永远印在我心中。假如我将来死后能入天堂，我必把这一笑带给上帝去看。

我好像没走就又到了家，母亲正对着一支红烛坐着呢。她的泪不轻易落，她又慈善又刚强。见我回来了，她脸上有了笑容，拿出一个细草纸包儿来：“给你买的杂拌儿，刚才一忙，也忘了给你。”母子好像有千言万语，只是没精神说。早早的就睡了。母亲也没精神。

中学毕业以后，新年，除了为还债着急，似乎已和我不发生关系。我在哪里，除夕便由我照管着哪里。别人都回家去过年，我老是早早关上门，在床上听着爆竹响。平日我也好吃个嘴儿，到了新年反倒想不起弄点什么吃，连酒也不喝。在爆竹稍静下些的时节，我老看见些过去的苦境。可是我既不落泪，也不狂歌，我只静静的躺着。躺着躺着，多咱烛光在壁上幻出一个“抬头见喜”，那就快睡去了。

原载一九三四年一月《良友》（画报）第四卷第八期

桨声灯影里的秦淮河 / 朱自清

一九二三年八月的一晚，我和平伯同游秦淮河；平伯是初泛，我是重来了。我们雇了一只“七板子”，在夕阳已去，皎月方来的时候，便下了船。于是桨声汩——汩，我们开始领略那晃荡着蔷薇色的历史的秦淮河的滋味了。

秦淮河里的船，比北京万甡园、颐和园的船好，比西湖的船好，比扬州瘦西湖的船也好。这几处的船不是觉着笨，就是觉着简陋、局促；都不能引起乘客们的情韵，如秦淮河的船一样。秦淮河的船约略可分为两种：一是大船；一是小船，就是所谓“七板子”。大船舱口阔大，可容二三十人。里面陈设着字画和光洁的红木家具，桌上一律嵌着冰凉的大理石面。窗格雕镂颇细，使人起柔腻之感。窗格里映着红色蓝色的玻璃；玻璃上有精致的花纹，也颇悦人目。“七板子”规模虽不及大船，但那淡蓝色的栏杆，空敞的舱，也足系人情思。而最出色处却在它的舱前。舱前是甲板上的一部。

上面有弧形的顶，两边用疏疏的栏杆支着。里面通常放着两张藤的躺椅。躺下，可以谈天，可以望远，可以顾盼两岸的河房。大船上也有这个，便在小船上更觉清隽罢了。舱前的顶下，一律悬着灯彩；灯的多少，明暗，彩苏的精粗，艳晦，是不一的。但好歹总还你一个灯彩。这灯彩实在是最能勾人的东西。夜幕垂垂地下来时，大小船上都点起灯火。从两重玻璃里映出那辐射着的黄黄的散光，反晕出一片朦胧的烟霭；透过这烟霭，在黯黯的水波里，又逗起缕缕的明漪。在这薄霭和微漪里，听着那悠然的间歇的桨声，谁能不被引入他的美梦去呢？只愁梦太多了，这些大小船儿如何载得起呀？我们这时模模糊糊的谈着明末的秦淮河的艳迹，如《桃花扇》及《板桥杂记》里所载的。我们真神往了。我们仿佛亲见那时华灯映水，画舫凌波的光景了。于是我们的船便成了历史的重载了。我们终于恍然秦淮河的船所以雅丽过于他处，而又有奇异的吸引力的，实在是许多历史的影像使然了。

秦淮河的水是碧阴阴的；看起来厚而不腻，或者是六朝金粉所凝么？我们初上船的时候，天色还未断黑，那漾漾的柔波是这样的恬静，委婉，使我们一面有水阔天空之想，一面又憧憬着纸醉金迷之境了。等到灯火明时，阴阴的变为沉沉了：黯淡的水光，像梦一般；那偶然闪烁着的光芒，就是梦的眼睛了。我们坐在舱前，因了那隆起的顶棚，仿佛总是昂着首向前走着似的；于是飘飘然如御风而行的我们，看着那些自在的湾泊着的船，船里走马灯般的人物，便像是下界一般，迢迢的远了，又像在雾里看花，尽朦朦胧胧的。这时我们已过了利涉桥，望见东关头了。沿路听见断续的歌声：有从沿河的妓楼飘来的，有从河上船里渡来的。我们明知那些歌声，只是些因袭的言词，从生涩的歌喉里机械的发出来的；但它们经了夏夜的微风的吹漾和水波的摇拂，袅娜着到我们耳边的时候，已经不单是她们的歌声，而混着微风和河水的密语了。于是我们不得不被牵惹着，震撼着，相与浮沉于这歌声里了。从东关头转弯，不久就到大中桥。大中桥共有三个桥拱，都很阔大，俨然是三座门儿；使我们觉得我们的船和船里的我们，在桥下过去时，真是太无颜色了。桥砖是深褐色，表明它的历史的长久；但都完好无缺，令人太息于古昔工程的坚美。桥上两旁都是木壁的房子，中间应该有街路？这些房子都破旧了，多年烟熏的迹，遮没了当年的美丽。我想象秦淮河的极盛时，在这样宏阔的桥上，特地盖了房子，必然是髹漆得富富丽丽的；晚间必然是灯火通明的。现在却只剩下一片黑沉沉！但是桥上造着房子，毕竟使我们多少可以想见往日的繁华；这也慰情聊胜无了。过了大中桥，便到了灯月交辉，笙歌彻夜的秦淮河；这才是秦淮河的真面目哩。

大中桥外，顿然空阔，和桥内两岸排着密密的人家的大异了。一眼望去，疏疏的林，淡淡的月，衬着蓝蔚的天，颇像荒江野渡光景；那边呢，郁丛丛的，阴森森的，又似乎藏着无边的黑暗：令人几乎不信那是繁华的秦淮河了。但是河中眩晕着的灯光，纵横着的画舫，悠扬着的笛韵，夹着那吱吱的胡琴声，终于使我们认识绿如茵陈酒的秦淮水了。此地天裸露着的多些，故觉夜来的独迟些；从清清的水影里，我们感到的只是薄薄的夜——这正是秦淮河的夜。大中桥外，本来还有一座复成桥，是船夫口中的我们的游踪尽处，或也是秦淮河繁华的尽处了。我的脚曾踏过复成桥的脊，在十三四岁的时候。但是两次游秦淮河，却都不曾见着复成桥的面；明知总在前途的，却常觉得有些虚无缥缈似的。我想，不见倒也好。这时正是盛夏。我们下船后，借着新生的晚凉和河上的微风，暑气已渐渐消散；到了此地，豁然开朗，身子顿然轻了——习习的清风荏苒在面上，手上，衣上，这便又感到了一缕新凉了。南京的日光，大概没有杭州猛烈；西湖的夏夜老是热蓬蓬的，水像沸着一般，秦淮河的水却尽是这样冷冷的绿着。任你人影的憧憧，歌声的扰扰，总像隔着一层薄薄的绿纱面幂似的；它尽是这样静静的，冷冷的绿着。我们出了大中桥，走不上半里路，船夫便将船划到一旁，停了桨由它宕着。他以为那里正是繁华的极点，再过去就是荒凉了；所以让我们多多赏鉴一会儿。他自己却静静的蹲着。他是看惯这光景的了，大约只是一个无可无不可。这无可无不可，无论是升的沉的，总之，都比我们高了。

那时河里闹热极了；船大半泊着，小半在水上穿梭似的来往。停泊着的都在近市的那一边，我们的船自然也夹在其中。因为这边略略的挤，便觉得那边十分的疏了。在每一只船从那边过去时，我们能画出它的轻轻的影和曲曲的波，在我们的心上；这显着是空，且显着是静了。那时处处都是歌声和凄厉的胡琴声，圆润的喉咙，确乎是很少的。但那生涩的，尖脆的调子能使人有少年的，粗率不拘的感觉，也正可快我们的意。况且多少隔开些儿听着，因为想象与渴慕的作美，总觉更有滋味；而竞发的喧嚣，抑扬的不齐，远近的杂沓，和乐器的嘈嘈切切，合成另一意味的谐音，也使我们无所适从，如随着大风而走。这实在因为我们的心枯涩久了，变为脆弱；故偶然润泽一下，便疯狂似的不能自主了。但秦淮河确也腻人。即如船里的人面，无论是和我们一堆儿泊着的，无论是从我们眼前过去的，总是模模糊糊的，甚至渺渺茫茫的；任你张圆了眼睛，揩净了眦垢，也是枉然。这真够人想呢。在我们停泊的地方，灯光原是纷然的；不过这些灯光都是黄而有晕的。黄已经不能明了，再加上了晕，便更不成了。灯愈多，晕就愈甚；在繁星般的黄的交错里，秦淮河仿佛笼上了一团光雾。光芒与雾气腾腾的晕着，什么都只剩了轮廓了；所以人面的详细的曲线，便消失于我们的眼底了。但灯光究竟夺不了那边的月色；灯光是浑的，月色是清的，在混沌的灯光里，渗入了一派清辉，却真是奇迹！那晚月儿已瘦削了两三分。她晚妆才罢，盈盈的上了柳梢头。天是蓝得可爱，仿佛一汪水似的；月儿便更出落得精神了。岸上原有三株两株的垂杨树，淡淡的影子，在水里摇曳着。它们那柔细的枝条浴着月光，就像一只只美人的臂膊，交互的缠着，挽着；又像是月儿披着的发。

而月儿偶然也从它们的交叉处偷偷窥看我们，大有小姑娘怕羞的样子。岸上另有几株不知名的老树，光光的立着；在月光里照起来。却又俨然是精神矍铄的老人。远处——快到天际线了，才有一两片白云，亮得现出异彩，像美丽的贝壳一般。白云下便是黑黑的一带轮廓；是一条随意画的不规则的曲线。这一段光景，和河中的风味大异了。但灯与月竟能并存着，交融着，使月成了缠绵的月，灯射着渺渺的灵辉；这正是天之所以厚秦淮河，也正是天之所以厚我们了。

这时却遇着了难解的纠纷。秦淮河上原有一种歌妓，是以歌为业的。从前都在茶舫上，唱些大曲之类。每日午后一时起；什么时候止，却忘记了。晚上照样也有一回。也在黄晕的灯光里。我从前过南京时，曾随着朋友去听过两次。因为茶舫里的人脸太多了，觉得不大适意，终于听不出所以然。前年听说歌妓被取缔了，不知怎的，颇设想了几次——却想不出什么。这次到南京，先到茶舫上去看看，觉得颇是寂寥，令我无端的怅怅了。不料她们却仍在秦淮河里挣扎着，不料她们竟会纠缠到我们，我于是很张皇了。她们也乘着“七板子”，她们总是坐在舱前的。舱前点着石油汽灯，光亮眩人眼目：坐在下面的，自然是纤毫毕见了——引诱客人们的力量，也便在此了。舱里躲着乐工等人，映着汽灯的余辉蠕动着；他们是永远不被注意的。每船的歌妓大约都是二人；天色一黑，她们的船就在大中桥外往来不息的兜生意。无论行着的船，泊着的船，都要来兜揽的。这都是我后来推想出来的。那晚不知怎样，忽然轮着我们的船了。我们的船好好的停着，一只歌舫划向我们来的；渐渐和我们的船并着了。铄铄的灯光逼得我们皱起了眉头；我们的风尘色全给它托出来了，这使我踧踖不安了。那时一个伙计跨过船来，拿着摊开的歌折，就近塞向我的手里，说："点几出吧！"他跨过来的时候，我们船上似乎有许多眼光跟着。同时相近的别的船上也似乎有许多眼睛炯炯的向我们船上看着。我真窘了！我也装出大方的样子，向歌妓们瞥了一眼，但究竟是不成的！我勉强将那歌折翻了一翻，却不曾看清了几个字；便赶紧递还那伙计，一面不好意思的说，"不要，我们……不要。"他便塞给平伯。平伯掉转头去，摇手说，"不要！"那人还腻着不走。平伯又回过脸来，摇着头道，"不要！"于是那人重到我处。我窘着再拒绝了他。他这才有所不屑似的走了。我的心立刻放下，如释了重负一般。我们就开始自白了。

我说我受了道德律的压迫，拒绝了她们；心里似乎很抱歉的。这所谓抱歉，一面对于她们，一面对于我自己。她们于我们虽然没有很奢的希望；但总有些希望的。我们拒绝了她们，无论理由如何充足，却使她们的希望受了伤；这总有几分不作美了。这是我觉得很怅怅的。至于我自己，更有一种不足之感。我这时被四面的歌声诱惑了，降服了；但是远远的，远远的歌声总仿佛隔着重衣搔痒似的，越搔越搔不着痒处。我于是憧憬着贴耳的妙音了。在歌舫划来时，我的憧憬，变为盼望；我固执的盼望着，有如饥渴。虽然从浅薄的经验里，也能够推知，那贴耳的歌声，将剥去了一切的美妙；但一个平常的人像我的，谁愿凭了理性之力去丑化未来呢？我宁愿自己骗着了。不过我的社会感性是很敏锐的；我的思力能拆穿道德律的西洋镜，而我的感情却终于被它压服着，我于是有所顾忌了，尤其是在众目昭彰的时候。道德律的力，本来是民众赋予的；在民众的面前，自然更显出它的威严了。我这时一面盼望，一面却感到了两重的禁制：一，在通俗的意义上，接近妓者总算一种不正当的行为；二，妓是一种不健全的职业，我们对于她们，应有哀矜勿喜之心，不应赏玩的去听她们的歌。在众目睽睽之下，这两种思想在我心里最为旺盛。她们暂时压倒了我的听歌的盼望，这便成就了我的灰色的拒绝。那时的心实在异常状态中，觉得颇是昏乱。歌舫去了，暂时宁静之后，我的思绪又如潮涌了。两个相反的意思在我心头往复：卖歌和卖淫不同，听歌和狎妓不同，又干道德甚事？——但是，但是，她们既被逼的以歌为业，她们的歌必无艺术味的；况她们的身世，我们究竟该同情的。所以拒绝倒也是正办。但这些意思终于不曾撇开我的听歌的盼望。它力量异常坚强；它总想将别的思绪踏在脚下。从这重重的争斗里，我感到了浓厚的不足之感。这不足之感使我的心盘旋不安，起坐都不安宁了。唉！我承认我是一个自私的人！平伯呢，却与我不同。他引周启明先生的诗，“因为我有妻子，所以我爱一切的女人，因为我有子女，所以我爱一切的孩子。”[①] 他的意思可以见了。他因为推及的同情，爱着那些歌妓，并且尊重着她们，所以拒绝了她们。在这种情形下，他自然以为听歌是对于她们的一种侮辱。但他也是想听歌的，虽然不和我一样，所以在他的心中，当然也有一番小小的争斗；争斗的结果，是同情胜了。至于道德律，在他是没有什么的；因为他很有蔑视一切的倾向，民众的力量在他是不大觉着的。这时他的心意的活动比较简单，又比较松弱，故事后还怡然自若；我却不能了。这里平伯又比我高了。

在我们谈话中间，又来了两只歌舫。伙计照前一样的请我们点戏，我们照前一样的拒绝了。我受了三次窘，心里的不安更甚了。清艳的夜景也为之减色。船夫大约因为要赶第二趟生意，催着我们回去；我们无可无不可的答应了。我们渐渐和那些晕黄的灯光远了，只有些月色冷清清的随着我们的归舟。我们的船竟没个伴儿，秦淮河的夜正长哩！到大中桥近处，才遇着一只来船。这是一只载妓的板船，黑漆漆的没有一点光。船头上坐着一个妓女；暗里看出，白地小花的衫子，黑的下衣。她手里拉着胡琴，口里唱着青衫的调子。她唱得响亮而圆转；当她的船箭一般驶过去时，余音还袅袅的在我们耳际，使我们倾听而向往。想不到在弩末的游踪里，还能领略到这样的清歌！这时船过大中桥了，森森的水影，如黑暗张

---

① 原诗是，“我为了自己的儿女才爱小孩子，为了自己的妻才爱女人”，见《雪朝》第 48 页。

着巨口，要将我们的船吞了下去，我们回顾那渺渺的黄光，不胜依恋之情；我们感到了寂寞了！这一段地方夜色甚浓，又有两头的灯火招摇着；桥外的灯火不用说了，过了桥另有东关头疏疏的灯火。我们忽然仰头看见依人的素月，不觉深悔归来之早了！走过东关头，有一两只大船湾泊着，又有几只船向我们来着。嚣嚣的一阵歌声人语，仿佛笑我们无伴的孤舟哩。东关头转弯，河上的夜色更浓了；临水的妓楼上，时时从帘缝里射出一线一线的灯光；仿佛黑暗从酣睡里眨了一眨眼。我们默然的对着，静听那汩——汩的桨声，几乎要入睡了；朦胧里却温寻着适才的繁华的余味。我那不安的心在静里愈显活跃了！这时我们都有了不足之感，而我的更其浓厚。我们却又不愿回去，于是只能由懊悔而怅惘了。船里便满载着怅惘了。直到利涉桥下，微微嘈杂的人声，才使我豁然一惊；那光景却又不同。右岸的河房里，都大开了窗户，里面亮着晃晃的电灯，电灯的光射到水上，蜿蜒曲折，闪闪不息，正如跳舞着的仙女的臂膊。我们的船已在她的臂膊里了；如睡在摇篮里一样，倦了的我们便又入梦了。那电灯下的人物，只觉像蚂蚁一般，更不去萦念。这是最后的梦；可惜是最短的梦！黑暗重复落在我们面前，我们看见傍岸的空船上一星两星的，枯燥无力又摇摇不定的灯光。我们的梦醒了，我们知道就要上岸了；我们心里充满了幻灭的情思。

一九二三年十月十一日作完，于温州

几个欢快的日子 / 萧红

人们跳着舞，“牵牛房”那一些人们每夜跳舞。过旧年那夜，他们就在茶桌上摆起大红蜡烛，他们模仿着供财神，拜祖宗。灵秋穿起紫红绸袍，黄马褂，腰中配着黄腰带，他第一个跪到神桌前。老桐又是他那一套，穿起灵秋太太瘦小的旗袍，长短到膝盖以上，大红的脸，脑后又是用红布包起扫帚把柄样的东西，他跑到灵秋旁边，他们俩是一致的，每磕一下头，口里就自己喊一声口号：一、二、三……不倒翁样不能自主地倒下又起来。后来就在地板上烘起火来，说是过年都是烧纸的……这套把戏玩得熟了，惯了！不是过年，也每天来这一套，人们看得厌了！对于这事冷淡下来，没有人去大笑，于是又变一套把戏：捉迷藏。

客厅是个捉迷藏的地盘，四下窜走，桌子底下蹲着人，椅子倒过来扣在头上顶着跑，电灯泡碎了一个。蒙住眼睛的人受着大家的玩戏，在那昏庸的头上摸一下，在那分张的两手上打一下。有各种各样的叫声，蛤蟆叫、狗叫、猪叫，还有人在装哭。要想捉住一个很不容易，从客厅的四个门，会跑到那些小屋去。有时瞎子就摸到小屋去，从门后扯出一个来，也有时误捉了灵秋的小孩。虽然说不准向小屋跑，但总是跑。后一次瞎子摸到王女士的门扇。

“那门不好进去。”有人要告诉他。

“看着，看着，不要吵嚷！”又有人说。

全屋静下来，人们觉得有什么奇迹要发生。瞎子的手接触到门扇，他触到门上的铜环响，眼看他就要进去把王女士捉出来，每人心里都想着这个：看他怎样捉啊！

“谁呀！谁？请进来！”跟着很脆的声音开门来迎接客人了！以为她的朋友来访她。

小浪一般冲过去的笑声，使摸门的人脸上的罩布脱掉了，红了脸。王女士笑着关了门。

玩得厌了！大家就坐下来喝茶，不知从什么瞎话上又拉到正经问题上去。于是“做人”这个问题使大家都兴奋起来。

——怎样是“人”，怎样不是“人”？

“没有感情的人不是人。”

“没有勇气的人不是人。”

“冷血动物不是人。”

“残忍的人不是人。”

“有人性的人才是人。”

“……”

每个人都会规定怎样做人。有的人他要说出两种不同做人的标准。起首是坐着说，后来站起来说，有的也要跳起来说。

“人是情感的动物，没有情感就不能生出同情，没有同情那就是自私，为己……结果是互相杀害，那就不是人。”那人的眼睛张得很圆，表示他的理由充足，表示他把人的定义下得准确。

“你说的不对，什么同情不同情，就没有同情，中国人就是冷血动物，中国人就不是人。”第一个又站了起来，这个人他不常说话，偶然说一句，使人很注意。

说完了，他自己先红了脸，他是山东人，老桐学着他的山东调：

“老猛（孟），你使（是）人不使人？”

许多人爱和老孟开玩笑，因为他老实，人们说他像个大姑娘。

“浪漫诗人”，是老桐的绰号。他好喝酒，让他作诗不用笔就能一套连着一套，连想也不用想一下。他看到什么就给什么作个诗；朋友来了他也作诗：

“梆梆梆，敲门响，呀！何人来了？”

总之，就是猫和狗打架，你若问他，他也有诗，他不喜欢谈论什么人啦！社会啦！他躲开正在为了“人”而吵叫的茶桌，摸到一本唐诗在读：

“昨日之……日不可留……今日之日……多……烦……

忧……”，读得有腔有调，他用意就在打搅吵叫的一群。郎华正在高叫着：

“不剥削人，不被人剥削的就是人。”

老桐读诗也感到无味。

“走！走啊！我们喝酒去。”

他看一看只有灵秋同意他，所以他又说：

“走，走，喝酒去。我请客……”

客请完了！差不多都是醉着回来。郎华反反复复地唱着半段歌，是维特别离绿蒂的故事，人人喜欢听，也学着唱。

听到哭声了！正像绿蒂一般年轻的姑娘被歌声引动着，哪能不哭？是谁哭？就是王女士。单身的男人在客厅中也被感动了，倒不是被歌声感动，而是被少女的明脆而好听的哭声所感动，在地心不住地打着转。尤其是老桐，他贪婪的耳朵几乎竖起来，脖子一定更长了点，他到门边去听，他故意说：

“哭什么？真没意思！”

其实老桐感到很有意思，所以他听了又听，说了又说：“没意思。”

不到几天，老桐和那女士恋爱了！那女士也和大家熟识了！也到客厅来和大家一道跳舞。从那时起，老桐的胡闹也是高等的胡闹了！

在王女士面前，他耻于再把红布包在头上，当灵秋叫他去跳滑稽舞的时候，他说：

“我不跳啦！”一点兴致也不表示。

等王女士从箱子里把粉红色的面纱取出来：

“谁来当小姑娘，我给他化妆。”

“我来，我……我来……”老桐他怎能像个小姑娘？他像个长颈鹿似的跑过去。

他自己觉得很好的样子，虽然是胡闹，也总算是高等的胡闹。头上顶着面纱，规规矩矩地、平平静静地在地板上动着步。

但给人的感觉无异于他脑后的颤动着红扫帚柄的感觉。

别的单身汉，就开始羡慕幸福的老桐。可是老桐的幸福还没十分摸到，那女士已经和别人恋爱了！

所以“浪漫诗人”就开始作诗。正是这时候他失一次盗：丢掉他的毛毯，所以他就作诗“哭毛毯”。哭毛毯的诗作得很多，过几天来一套，过几天又来一套。朋友们看到他就问：

“你的毛毯哭得怎样了？”

第三章

你若爱，生活哪里都可爱

凡为实例或成见所束缚，
不能把日常生活咀嚼玩味的，
都是与艺术无缘的人。
真的艺术，
不限在诗里，也不限在画里，
到处都有，随时可得。

自得其乐 / 汪曾祺

孙犁同志说写作是他的最好的休息。是这样。一个人在写作的时候是最充实的时候，也是最快乐的时候。凝眸既久（我在构思一篇作品时，我的孩子都说我在翻白眼），欣然命笔，人在一种甜美的兴奋和平时没有的敏锐之中，这样的时候，真是虽南面王不与易也。写成之后，觉得不错，提刀却立，四顾踌躇，对自己说："你小子还真有两下子！"此乐非局外人所能想象。但是一个人不能从早写到晚，那样就成了一架写作机器，总得岔乎岔乎，找点事情消遣消遣，通常说，得有点业余爱好。

我年轻时爱唱戏。起初唱青衣、梅派；后来改唱余派老生。大学三四年级唱了一阵昆曲，吹了一阵笛子。后来到剧团工作，就不再唱戏吹笛子了，因为剧团有许多专业名角，在他们面前吹唱，真成了班门弄斧，还是以藏拙为好。笛子本来还可以吹吹，我的笛风甚好，是"满口笛"，但是后来没法再吹，因为我的牙齿陆续掉光了，撒风漏气。

这些年来我的业余爱好，只有：写写字、画画画、做做菜。

我的字照说是有些基本功的。当然从描红模子开始。我记得我描的红模子是：“暮春三月，江南草长，杂花生树，群莺乱飞。”这十六个字其实是很难写的，也许是写红模子的先生故意用这些结体复杂的字来折磨小孩子，而且红模子底子是欧字，这就更难落笔了。不过这也有好处，可以让孩子略窥笔意，知道字是不可以乱写的。大概在我十一二岁的时候，那年暑假，我的祖父忽然高了兴，要亲自教我《论语》，并日课大字一张，小字二十行。大字写《圭峰碑》、小字写《闲邪公家传》，这两本帖都是祖父从他的藏帖中选出来的。祖父认为我的字有点才分，奖了我一块猪肝紫端砚，是圆的，并且拿了几本初拓的字帖给我，让我常看看。我记得有小字《麻姑仙坛》、虞世南的《夫子庙堂碑》、褚遂良的《圣教序》。小学毕业的暑假，我在三姑父家从一个姓韦的先生读桐城派古文，并跟他学写字。韦先生是写魏碑的，但他让我临的却是《多宝塔》。初一暑假，我父亲拿了一本影印的《张猛龙碑》，说：“你最好写写魏碑，这样字才有骨力。”我于是写了相当长时期《张猛龙碑》。用的是我父亲选购来的特殊的纸。这种纸是用稻草做的，纸质较粗，也厚，写魏碑很合适，用笔须沉着，不能浮滑。这种纸一张有二尺高，尺半宽，我每天写满一张。写《张猛龙碑》使我终身受益，到现在我的字的间架用笔还能看出痕迹。这以后，我没有认真临过帖，平常只是读帖而已。我于二王书未窥门径。写过一个很短时期的《乐毅论》，放下了，因为我很懒。《行穰》《丧乱》等帖我很欣赏，但我知道我写不来那样的字。我觉得王大令的字的确比王右军写得好。读颜真卿的《祭侄文》，觉得这才是真正的颜字，并且对颜书从二王来之说很信服。大学时，喜读宋四家。有人说中国书法一坏于颜真卿，二坏于宋四家，这话有道理。但我觉得宋人字是书法的一次解放，宋人字的特点是少拘束，有个性，我比较喜欢蔡京和米芾的字（苏东坡字太俗，黄山谷字做作）。有人说米字不可多看，多看则终身摆脱不开，想要升入晋唐，就不可能了。一点不错。但是有什么办法呢！打一个不太好听的比方，一写米字，犹如寡妇失了身，无法挽回了。我现在写的字有点《张猛龙碑》的底子、米字的意思，还加上一点乱七八糟的影响，形成我自己的那么一种体，格韵不高。

我也爱看汉碑。临过一遍《张迁碑》，《石门铭》《西狭颂》看看而已。我不喜欢《曹全碑》。盖汉碑好处全在筋骨开张，意态从容，《曹全碑》则过于整饬了。

我平日写字，多是小条幅，四尺宣纸一裁为四。这样把书桌上书籍信函往边上推推，摊开纸就能写了。正儿八经地拉开案子，铺了画毡，着意写字，好像练了一趟气功，是很累人的。我都是写行书。写真书，太吃力了。偶尔也写对联。曾在大理写了一副对子：

苍山负雪

洱海流云

字大径尺。字少，只能体兼隶篆。那天喝了一点酒，字写得飞扬霸悍，亦是快事。对联字稍多，则可写行书。为武夷山一招待所写过一副对子：

四围山色临窗秀

一夜溪声入梦清

字颇清秀，似明朝人书。

我画画，没有真正的师承。我父亲是个画家，画写意花卉，我小时爱看他画画，看他怎样布局（用指甲或笔杆的一头划几道印子），画花头，定枝梗，布叶，钩筋，收拾，题款，盖印。这样，我对用墨，用水，用色，略有领会。我从小学到初中，都“以画名”。初二的时候，画了一幅墨荷，裱出后挂在成绩展览室里。这大概是我的画第一次上裱。我读的高中重数理化，功课很紧，就不再画画。大学四年，也极少画画。工作之后，更是久废画笔了。当了右派，下放到一个农业科学研究所，结束劳动后，倒画了不少画，主要的“作品”是两套植物图谱，一套《中国马铃薯图谱》、一套《口蘑图谱》，一是淡水彩，一是钢笔画。摘了帽子回京，到剧团写剧本，没有人知道我能画两笔。重拈画笔，是运动促成的。运动中没完没了地写交待，实在是烦人，于是买了一刀元书纸，于写交待之空隙，瞎抹一气，少抒郁闷，这样就一发而不可收，重新拾起旧营生。有的朋友看见，要了去，挂在屋里，被人发现了，于是求画的人渐多。我的画其实没有什么看头，只是因为是作家的画，比较别致而已。

我也是画花卉的。我很喜欢徐青藤、陈白阳，喜欢李复堂，但受他们的影响不大。我的画不中不西，不今不古，真正是“写意”，带有很大的随意性。曾画了一幅紫藤，满纸淋漓，水汽很足，几乎不辨花形。这幅画现在挂在我的家里。我的一个同乡来，问：“这画画的是什么？”我说是：“骤雨初晴。”他端详了一会，说：“哎，经你一说，是有点那个意思！”他还能看出彩墨之间的一些小块空白，是阳光。我常把后期印象派方法融入国画。我觉得中国画本来都是印象派，只是我这样做，更是有意识的而已。

画中国画还有一种乐趣，是可以在画上题诗，可寄一时意兴，抒感慨，也可以发一点牢骚，曾用干笔焦墨在浙江皮纸上画冬日菊花，题诗代简，寄给一个老朋友，诗是：

新沏清茶饭后烟，
自搔短发负晴暄。
枝头残菊开还好，

留得秋光过小年。

为宗璞画牡丹，只占纸的一角，题曰：

人间存一角，
聊放侧枝花。
欣然亦自得，
不共赤城霞。

宗璞把这首诗念给冯友兰先生听了，冯先生说：“诗中有人。”

今年洛阳春寒，牡丹至期不开。张抗抗在洛阳等了几天，败兴而归，写了一篇散文《牡丹的拒绝》。我给她画了一幅画，红叶绿花，并题一诗：

看朱成碧且由他，
大道从来直似斜。
见说洛阳春索寞，
牡丹拒绝著繁花。

我的画，遣兴而已，只能自己玩玩，送人是不够格的。最近请人刻一闲章：“只可自怡悦”，用以押角，是实在话。

体力充沛，材料凑手，做几个菜，是很有意思的。做菜，必须自己去买菜。提一菜筐，逛逛菜市，比空着手遛弯儿要“好白相”。到一个新地方，我不爱逛百货商场，却爱逛菜市，菜市更有生活气息一些。买菜的过程，也是构思的过程。想炒一盘雪里蕻冬笋，菜市场冬笋卖完了，却有新到的荷兰豌豆，只好临时“改戏”。做菜，也是一种轻量的运动。洗菜，切菜，炒菜，都得站着（没有人坐着炒菜的），这样对成天伏案的人，可以改换一下身体的姿势，是有好处的。

做菜待客，须看对象。聂华苓和保罗·安格尔夫妇到北京来，中国作协不知是哪一位，忽发奇想，在宴请几次后，让我在家里做几个菜招待他们，说是这样别致一点。我给做了几道菜，其中有一道煮干丝。这是淮扬菜。华苓是湖北人，年轻时是吃过的。但在美国不易吃到。她吃得非常惬意，连最后剩的一点汤都端起碗来喝掉了。不是这道菜如何稀罕，我只是有意逗引她的故国乡情耳。台湾女作家陈怡真（我在美国认识她），到北京来，指名要我给她做一回饭。我给她做了几个菜。一个是干烧小萝卜。我知道台湾没有“杨花萝卜”（只有白萝卜）。那几天正是北京小萝卜长得最足最嫩的时候。这个菜连我自己吃了都很惊诧：味道鲜甜如此！我还给她炒了一盘云南的干巴菌。台湾咋会有干巴菌呢？她吃了，还剩下一点，用一个塑料袋包起，说带到宾馆去吃。如果我给云南人炒一盘干巴菌，给扬州人煮一碗干丝，那就成了鲁迅请曹靖华吃柿霜糖了。

做菜要实践。要多吃，多问，多看（看菜谱），多做。一个菜点得试烧几回，才能掌握咸淡火候。冰糖肘子、乳腐肉，何时炮软入味，只有神而明之，但是更重要的是要富于想象。想得到，才能做得出。我曾用家乡拌荠菜法凉拌菠菜。半大菠菜（太老太嫩都不行），入开水锅焯至断生，捞出，去根切碎，入少盐，挤去汁，与香干（北京无香干，以熏干代）细丁、虾米、蒜末、姜末一起，在盘中抟成宝塔状，上桌后淋以麻酱油醋，推倒拌匀。有余姚作家尝后，说是“很像马兰头”。这道菜成了我家待不速之客的应急的保留节目。有一道菜，敢称是我的发明：塞肉回锅油条。油条切段，寸半许长，肉馅剁至成泥，入细葱花、少量榨菜或酱瓜末拌匀，塞入油条段中，入半开油锅重炸。嚼之酥碎，真可声动十里人。

我很欣赏《杨恽报孙会宗书》：“田彼南山，芜秽不治。种一顷豆，落而为萁。人生行乐耳，须富贵何时。”“人生行乐耳，须富贵何时”，说得何等潇洒。不知道为什么，汉宣帝竟因此把他腰斩了，我一直想不透。这样的话，也不许说么？

载一九九二年第一期《艺术世界》

《子恺漫画》序 / 夏丏尊

新近因了某种因缘，和方外友弘一和尚（在家时姓李，字叔同）聚居了好几日。和尚未出家时，曾是国内艺术界的先辈，披剃以后专心念佛，见人也但劝念佛，不消说，艺术上的话是不谈起了的。可是我在这几日的观察中，却深深地受到了艺术的刺激。

他这次从温州来宁波，原预备到了南京再往安徽九华山去的。因为江浙开战，交通有阻，就在宁波暂止，挂褡于七塔寺。我得知就去望他。云水堂中住着四五十个游方僧。铺有两层，是统舱式的。他住在下层，见了我笑容招呼，和我在廊下板凳上坐了，说：

“到宁波三日了。前两日是住在某某旅馆（小旅馆）里的。”

“那家旅馆不十分清爽吧。”我说。

“很好！臭虫也不多，不过两三只。主人待我非常客气呢！”

他又和我说了些在轮船统舱中茶房怎样待他和善，在此地挂褡怎样舒服等等的话。

我惘然了，继而邀他明日同往白马湖去小住几日。他初说再看机会，及我坚请，他也就欣然答应。

行李很是简单，铺盖竟是用破席子包的。到了白马湖，在春社里替他打扫了房间，他就自己打开铺盖，先把那破席子珍重地铺在床上，摊开了被，把衣服卷了几件作枕。再拿出黑而且破得不堪的毛巾走到湖边洗面去。

“这手巾太破了，替你换一条好吗？”我忍不住了。

“哪里！还好用的，和新的也差不多。”他把那破手巾珍重地张开来给我看，表示还不十分破旧。

他是过午不食的。第二日未到午，我送了饭和两碗素菜去（他坚说只要一碗的，我勉励再加了一碗），在旁坐了陪他。碗里所有的原只是些萝卜白菜之类，可是在他却几乎是要变色而作的盛馔，喜悦地把饭划入口里，郑重地用筷夹起一块萝卜来的那种了不得的神情，我见了几乎要流下欢喜惭愧之泪了！

第二日，有另一位朋友送了四样菜来斋他，我也同席。其中有一碗咸得非常，我说：

“这太咸了！”

“好的！咸的也有咸的滋味，也好的！”

我家和他寄寓的春社相隔有一段路。第三日，他说饭不必送去，可以自己来吃，且笑说乞食是出家人的本能。

“那么逢天雨仍替你送去吧。”

“不要紧！天雨，我有木屐哩！”他说出木屐二字时，神情上竟俨然是一种了不得的法宝。我总还有些不安。他又说：

“每日走些路，也是一种很好的运动。”

我也就无法反对了。

在他，世间竟没有不好的东西，一切都好，小旅馆好，统舱好，挂褡好，破席子好，破旧的手巾好，白菜好，萝卜好，咸苦的蔬菜好，跑路好，什么都有味，什么都了不得。

这是何等的风光啊！宗教上的话且不说，琐屑的日常生活到此境界，不是所谓生活的艺术化了吗？人家说他在受苦，我却要说他是享乐。我常见他吃萝卜白菜时那种喜悦的光景，我想：萝卜白菜的全滋味，真滋味，怕要算他才能如实尝到的了。对于一切事物，不为因袭的成见所缚，都还他一个本来的面目，如实观照领略，这才是真解脱，真享乐。

艺术的生活，原是观照享乐的生活。在这一点上，艺术和宗教实有同一的归趋。凡为实例或成见所束缚，不能把日常生活咀嚼玩味的，都是与艺术无缘的人。真的艺术，不限在诗里，也不限在画里，到处都有，随时可得。能把它捕捉了用文字表现的是诗人，用形及五彩表现的是画家。不会作诗，不会作画，也不要紧，只要对于日常生活有观照玩味的能力，无论如何都能有权去享受艺术之神的恩宠。否则虽自号为诗人画家，仍是俗物。

与和尚数日相聚，深深地感到这点。自怜囫囵吞枣地过了大半生，平日吃饭着衣，何曾尝到过真的滋味！乘船坐车，看山行路，何曾领略到真的情景！虽然愿从今留意，但是去日苦多，又因自幼未曾经过好好的艺术教养，即使自己有这个心，何尝有十分把握！言之怃然！

正怃然间，子恺来要我序他的漫画集。记得子恺的画这类画，实由于我的怂恿。在这三年中，子恺着实画了不少，集中所收的不过数十分之一。其中含有两种性质，一是写古诗词名句的，一是写日常生活的断片的。古诗词名句，原是古人观照的结果，子恺不过再来用画表出一次，至于写日常生活断片的部分，全是子恺自己观照的表现。前者是翻译，后者是创作了。画的好歹且不说，子恺年少于我，对于生活有这样的咀嚼玩味的能力，和我相较，不能不羡子恺是幸福者！

子恺为和尚未出家时画弟子，我序子恺画集，恰因当前所感，并述及了和尚的近事，这是什么不可思议的缘啊！南无阿弥陀佛！

一九二五年十月二十八夜夏丏尊在奉化江畔远寺曙钟声中

闲居 / 丰子恺

闲居，在生活上人都说是不幸的，但在情趣上我觉得是最快适的了。假如国民政府新定一条法律：“闲居必须整天禁锢在自己的房间里”，我也不愿出去干事，宁可闲居而被禁锢。

在房间里很可以自由取乐；如果把房间当作一幅画看的时候，其布置就如画的“置陈”了。譬如书房，主人的座位为全局的主眼，犹之一幅画中的middle point（中心点），须居全幅中最重要的地位。其他自书架，几，椅，藤床，火炉，壁饰，自鸣钟，以至痰盂，纸簏等，各以主眼为中心而布置，使全局的焦点集中于主人的座位，犹之画中的附属物，背景，均须有护卫主物，显衬主物的作用。这样妥帖之后，人在里面，精神自然安定，集中，而快适。这是谁都懂得，谁都可以自由取乐的事。虽然有的人不讲究自己的房间的布置，然走进一间布置很妥帖的房间，一定谁也觉得快适。这可见人都会鉴赏，鉴赏就是被动的创作，故可说这是谁也懂得，谁也可以自由取乐的事。

我在贫乏而粗末[1]的自己的书房里，常常欢喜作这个玩意儿。把几件粗陋的家具搬来搬去，一月中总要搬数回。搬到痰盂不能移动一寸，脸盆架子不能旋转一度的时候，便有很妥帖的位置出现了。那时候我自己坐在主眼的座上，环视上下四周，君临一切。觉得一切都朝宗于我，一切都为我尽其职司，如百官之朝天，众星之拱北辰。就是墙上一只很小的钉，望去也似乎居相当的位置，对全体为有机的一员，对我尽专任的职司。我统御这个天下，想象南面王的气概，得到几天的快适。

有一次我闲居在自己的房间里，曾经对自鸣钟寻了一回开心。自鸣钟这个东西，在都会里差不多可说是无处不有，无人不备的了。然而它这张脸皮，我看惯了真讨厌得很。罗马字的还算好看；我房间里的一只，又是粗大的数学码子的。数学的九个字，我见了最头痛，谁愿意每天做数学呢！有一天，大概是闲日月中的闲日，我就从墙壁上请它下来，拿油画颜料把它的脸皮涂成天蓝色，在上面画几根绿的杨柳枝，又用硬的黑纸剪成两只飞燕，用浆糊粘住在两只针的尖头上。这样一来，就变成了两只燕子飞逐在杨柳中间的一幅圆额的油画了。凡在三点二十几分，八点三十几分等时候，画的构图就非常妥帖，因为两只飞燕适在全幅中稍偏的位置，而且追

---

① 意即粗陋、不精致。

随在一块，画面就保住均衡了。辨识时间，没有数目字也是很容易的：针向上垂直为十二时，向下垂直为六时，向左水平为九时，向右水平为三时。这就是把圆周分为四个 quarter（一刻钟），是肉眼也很容易办到的事。一个 quarter 里面平分为三格，就得长针五分钟的距离了，这不十分容易正确，然相差至多不过一两分钟，只要不是天文台，电报局或火车站里，人家家里上下一两分钟本来是不要紧的。倘眼睛锐利一点，看惯之后，其实半分钟也是可以分明辨出的。这自鸣钟现在还挂在我的房间里，虽然惯用之后不甚新颖了，然终不觉得讨厌，因为它在壁上不是显明的实用的一只自鸣钟，而可以冒充一幅油画。

除了空间以外，闲居的时候我又欢喜把一天的生活的情调来比方音乐。如果把一天的生活当作一个乐曲，其经过就像乐章（movement）的移行了。一天的早晨，晴雨如何？冷暖如何？人事的情形如何？犹之第一乐章的开始，先已奏出全曲的根柢的“主题”（theme）。一天的生活，例如事务的纷忙，意外的发生，祸福的临门，犹如曲中的长音阶（大音阶）变为短音阶（小音阶）的，C 调变为 F 调，adagio（柔板）变为 allegro（快板）。其或昼永人闲，平安无事，那就像始终 C 调的 andante（行板）的长大的乐章了。以气候而论，春日是孟檀尔伸（门德尔松）（Mendelsson），夏日是斐德芬（贝多芬）（Beethoven），秋日是晓邦（肖邦）（Chopin）、修芒（舒曼）（Schumann），冬日是修斐尔德〔舒伯特〕（Schubert）。这也是谁也可以感到，谁也可以懂得的事，试看无论什么机关里，团体里，做无论什么事务的人，在阴雨的天气，办事一定不及在晴天的起劲，高兴，积极。如果有不论天气，天天照常办事的人，这一定不是人，是一架机器。只要看挑到我们后门头来卖臭豆腐干的江北人，近来秋雨连日，他的叫声自然懒洋洋地低钝起来，远不如一月以前的炎阳下的“臭豆腐干！”的热辣了。

原载一九二七年七月十日《小说月报》第十八卷第七号

在乡下 / 老舍

虽然刚住了几天，我已经感到乡间的确可喜。在这生活困难的时候，谁也恐怕不能不一开口就谈到钱；在乡间住，第一个好处是可以省下几文。头发长了，须跑出十里八里去理；脚稍微一懒，就许延迟一个星期；头发长了些，可是袋儿里也沉重了些。洗澡，更谈不到。到极热的时候，可以下河；天不够热的时候，皮肤外有一层可以搓卷着玩的泥，也显着暖和而有趣。这就又省了一笔支出。没有卖鲜果，糖食，和点心的；这不但可以省了钱，而且自然的矫正了吃零食的坏习惯。衣服须自己洗，皮鞋须自己擦。路须自己走——没有洋车。就是有，也不能在田埂儿上走。

除了省钱，还另有好多的精神胜利：平剧、川剧全听不到了，但是可以自己唱。在大黄角树下，随意喊吧，除了多管闲事的狗向你叫几声而外，不会有人来叫"倒好"的。话剧更看不到，可是自己可以写两本呀，有的是工夫！

书是不易得到的，但是偶然找来一本，绝不会像在城里时那样掀一掀就了事。在乡下，心里用不着惦记与朋友们定的约会，眼睛用不着时时的看表，于是，拿到一本书的时节，就可以愿意怎么读便怎么读；愿意读这几行读两遍，便读两遍；三遍就三遍；看那一行不大顺眼，便可以跟它辩论一番！这样，书仿佛就与人成了可以谈心的朋友，而不是书架上的摆设了。

院中有犬吠声，鸡鸭叫声，孩子哭声；院外有蛙声，鸟声，叱牛声，农人相呼声。但这些声音并不教你心中慌乱。到了夜间，便什么声音也没有；即使蛙还在唱，可是它们会把你唱入梦境里去。这几天，杜鹃特别的多，直到深夜还不住的啼唤；老想问问它们，三更半夜的唤些什么？这不是厌烦，而是有点相怜之意。

正在插秧的时候下了大雨，每个农人都面带喜色，水牛忙极了，却一点不慌，还是那么慢条斯理的，像有成竹在胸的样子。

晚上，油灯欠亮，蚊虫甚多；所以早早的就躲到帐子里去。早睡，所以就也早起。睡得定，睡得好，脸上就增加了一点肉——很不放心，说不一定还会变成胖子呢！

原载一九四二年五月二十五日重庆《大公报·战线》

《山野掇拾》/ 朱自清

我最爱读游记。现在是初夏了；在游记里却可以看见烂漫的春花，舞秋风的落叶……——都是我惦记着，盼望着的！这儿是白马湖读游记的时候，我却能到神圣庄严的罗马城，纯朴幽静的Loisieux 村——都是我羡慕着，想象着的！游记里满是梦：“后梦赶走了前梦，前梦又赶走了大前梦。”这样的来了又去，来了又去；像树梢的新月，像山后的晚霞，像田间的萤火，像水上的箫声，像隔座的茶香，像记忆中的少女，这种种都是梦。我在中学时，便读了康更甡的《欧洲十一国游记》，——实在只有（？）意大利游记——当时做了许多好梦；滂卑古城最是我低徊留恋而不忍去的！那时柳子厚的山水诸记，也常常引我入胜。后来得见《洛阳伽蓝记》，记诸寺的繁华壮丽，令我神往；又得见《水经注》，所记奇山异水，或令我惊心动魄，或让我游目骋怀。（我所谓“游记”，意义较通用者稍广，故将后两种也算在内。）这些或记风土人情，或记山川胜迹，或记“美好的昔日”，或记美好的今天，都有或浓或淡的彩色，或工或泼的风致。而我近来读《山野掇拾》，和这些又是不同：在这本书里，写着的只是“大陆的一角”，“法国的一区”，并非特著的胜地，脍炙人口的名所；所以一空依傍，所有的好处都只是作者自己的发见！前举几种中，只有柳子厚的诸作也是如此写出的；但柳氏仅记风物，此书却兼记文化——如Vicard序中所言。所谓“文化”，也并非在我们平日意想中的庞然巨物，只是人情之美；而书中写Loisieux村的文化，实较风物为更多：这又有以异乎人。而书中写Loisieux村的文化，实在也非写Loisieux村的文化，只是作者孙福熙先生暗暗的巧巧的告诉我们他的哲学，他的人生哲学。所以写的是“法国的一区”，写的也就是他自己！他自己说得好：

我本想尽量掇拾山野风味的，不知不觉的掇拾了许多掇拾者自己。

（原书261页。）

但可爱的正是这个“自己”，可贵的也正是这个“自己”！

孙先生自己说这本书是记述“人类的大生命分配于他的式样”的，我们且来看看他的生命究竟是什么式样？世界上原有两种人：一种是大刀阔斧的人，一种是细针密线的人。前一种人真是一把

“刀”，一把斩乱麻的快刀！什么纠纷，什么葛藤，到了他手里，都是一刀两断！——正眼也不去瞧，不用说靠他理纷解结了！他行事只看准几条大干，其余的万千枝叶，都一扫个精光；所谓“擒贼必擒王”，也所谓“以不了了之”！英雄豪杰是如此办法：他们所图远大，是不屑也无暇顾念那些琐细的节目！蠢汉笨伯也是如此办法，他们却只图省事！他们的思力不足，不足剖析入微，鞭辟入里；如两个小儿争闹，做父亲的更不思索，便照例每人给一个耳光！这真是“不亦快哉”！但你我若既不能为英雄豪杰，又不甘做蠢汉笨伯，便自然而然只能企图做后一种人。这种人凡事要问底细：“打破沙缸问到底！还要问沙缸从哪里起？”他们于一言一动之微，一沙一石之细，都不轻轻放过！从前人将桃核雕成一只船，船上有苏东坡，黄鲁直，佛印等；或于元旦在一粒芝麻上写“天下太平”四字，以验目力：便是这种脾气的一面。他们不注重一千一万，而注意一毫一厘；他们觉得这一毫一厘便是那一千一万的具体而微——只要将这一毫一厘看得透彻，正和照相的放大一样，其余也可想见了。他们所以于每事每物，必要拆开来看，拆穿来看；无论锱铢之别，淄渑之辨，总要看出而后已，正如显微镜一样。这样可以辨出许多新异的滋味，乃是他们独得的秘密！总之，他们对于怎样微渺的事物，都觉吃惊；而常人则熟视无睹！故他们是常人而又有以异乎常人。这两种人——孙先生，画家，若容我用中国画来比，我将说前者是“泼笔”，后者是“工笔”。孙先生自己是“工笔”，是后一种人。他的朋友号他为“细磨细琢的春台”，真不错，他的全部都在这儿了！他纪念他的姑母和父亲，他说他们以细磨细琢的工夫传授给他，然而他远不如他们了。从他的父亲那里，他“知道一句话中，除字面上的意思之外，还有别的话在这里边，只听字面，还远不能听懂说话音的意思哩”。这本书的长处，也就在“别的话”这一点；乍看岂不是淡淡的？缓缓咀嚼一番，便会有浓密的滋味从口角流出！你若看过瀼瀼的朝露，皱皱的水波，茫茫的冷月：薄薄的女衫，你若吃过上好的皮丝，鲜嫩的毛笋，新制的龙井茶：你一定懂得我的话。

我最觉得有味的是孙先生的机智。孙先生收藏的本领真好！他收藏着怎样多的虽微末却珍异的材料，就如慈母收藏果饵一样；偶然拈出一两件来，令人惊异他的富有！其实东西本不稀奇，经他一收拾，便觉不凡了。他于人们忽略的地方，加倍的描写，使你于平常身历之境，也会有惊异之感。他的选择的工夫又高明；那分析的描写与精彩的对话，足以显出他敏锐的观察力。所以他的书既富于自己的个性，一面也富于他人的个性，无怪乎他自己也会觉得他的富有了。他的分析的描写含有论理的美，就是精严与圆密；像一个扎缚停当的少年武士，英姿飒爽而又妩媚可人！又像医生用的小解剖刀，银光一闪，骨肉判然！你或者觉得太琐屑了，太腻烦了；但这不是腻烦和琐屑，这乃是悠闲（Idle）。悠闲也是人生的一面，其必要正和不悠闲一样！他的对话的精彩，也正在悠闲这一面！这才真是 Loisieux 村人的话，因为真的乡村生活是悠闲的。他在这些对话中，介绍我们面晤一个个活泼泼的 Loisieux 村人！总之，我们读这本书，往往能由几个字或一句话里，窥见事的全部，人的全性；这便是我所谓“孙先生的机智”了。孙先生是画家。他从前有过一篇游记，以“画”名文，题为《赴法途中漫画》；篇首有说明，深以作文不能如作画为恨。其实他只是自谦；他的文几乎全是画，他的作文便是以文字作画！他叙事，抒情，写景，固然是画；就是说理，也还是画。人家说“诗中有画”，孙先生是文中有画；不但文中有画，画中还有诗，诗中还有哲学。

我说过孙先生的画工，现在再来说他的诗意——画本是“无声诗”呀。他这本书是写民间乐趣的；但他有些什么乐趣呢？采葡萄的落后是一；画风柳，纸为风吹，画瀑布，纸为水溅是二；与绿的蚱蜢，黑的蚂蚁等“合画”是三。这些是他已经说出的，但重要的是那未经说出的“别的话”；他爱村人的性格，那纯朴，温厚，乐天，勤劳的性格。他们“反直不想与人相打”；他们不畏缩，不鄙夷，爱人而又自私，藏匿而又坦白；他们只是作工，只是太作工，“真的不要自己的性命！”——非为衣食，也非不为衣食，只是浑然的一种趣味。这些正都是他们健全的地方！你或者要笑他们没有理想，如书中 R 君夫妇之笑他们雇来的工人；但“没有理想”的可笑，不见得比“有理想”的可笑更甚——在现在的我们，“原始的”与“文化的”实觉得一般可爱。而这也并非全为了对比的趣味，

“原始的”实是更近于我们所常读的诗，实是“别有系人心处”！譬如我读这本书，就常常觉得是在读面熟得很的诗！“村人的性格”还有一个“联号”，便是“自然的风物”，孙先生是画家，他之爱自然的风物，是不用说的；而自然的风物便是自然的诗，也似乎不用说的。孙先生是画家，他更爱自然的动象，说也是一种社会的变幻。他爱风吹不绝的柳树，他爱水珠飞溅的瀑布，他爱绿的蚱蜢，黑的蚂蚁，赭褐的六足四翼不曾相识的东西；它们虽怎样的困苦他，但却是活的画，生命的诗！——在人们里，他最爱老年人和小孩子。他敬爱辛苦一生至今扶杖也不能行了的老年人，他更羡慕见火车而抖的小孩子。是的，老年人如已熟的果树，满垂着沉沉的果实，任你去摘了吃；你只要眼睛亮，手法好，必能果腹而回！小孩子则如刚打朵儿的花，蕴藏着无穷的允许：这其间有红的，绿的，有浓的，淡的，有小的，大的，有单瓣的，重瓣的，有香的，有不香的，有努力开花的，有努力结实的——结女人脸的苹果，黄金的梨子，珠子般的红樱桃，璎珞般的紫葡萄……而小姑娘尤为可爱！——读了这本书的，谁不爱那叫喊尖利的“啊”的小姑娘呢？其实胸怀润朗的人，什么于他都是朋友：他觉得一切东西里都有些意思，在习俗的衣裳底下，躲藏着新鲜的身体。凭着这点意思去发展自己的生活，便是诗的生活。“孙先生的诗意”，也便在这儿。

在这种生活的河里伏流着的，便是孙先生的哲学了。他是个含忍与自制的人，是个中和的（Moderate）人；他不能脱离自己，同时却也理会他人。他要“尽量的理会他人的苦乐，——或苦中之乐，或乐中之苦，——免得眼睛生在额上的鄙夷他人，或胁肩谄笑的阿谀他人”。因此他论城市与乡村，男子与女子，团体与个人，都能寻出他们各自的长处与短处。但他也非一味宽容的人，像“烂面朝盆”一样；他是不要阶级的，他同情于一切——便是牛也非例外！他说：

我们住在宇宙的大乡土中，一切孩儿都在我们的心中；没有一个乡土不是我的乡土，没有一个孩儿不是我的孩儿！

（原书 64 页。）

这是最大的“宽容”，但是只有一条路的“宽容”——其实已不能叫做“宽容”了。在这“未完的草稿”的世界之中，他虽还免不了疑虑与鄙夷，他虽鄙夷人间的争闹，以为和三个小虫的权利问题一样；但他到底能从他的“泪珠的镜中照见自己以至于一切大千世界的将来的笑影了”。他相信大生命是有希望的；他相信便是那“没有果实，也没有花”的老苹果树，那“只有折断而且曾经枯萎的老干上所生的稀少的枝叶”的老苹果树，“也预备来年开得比以前更繁荣的花，结得更香美的果！”在他的头脑里，世界是不会陈旧的，因为他能够常常从新做起；他并不长吁短叹，叫着不足，他只尽他的力做就是了。他教中国人不必自馁；真的，他真是个不自馁的人！他写出这本书是不自馁，他别的生活也必能不自馁的！或者有人说他的思想近乎“圆通”，但他的本意只是“中和”，并无容得下“调和”的余地；他既“从来不会做所谓漂亮及出风头的事”，自然只能这样缓缓的锲而不舍的去开垦他的乐土！这和他的画笔，诗情，同为他的“细磨细琢的功夫”的表现。

书中有孙先生的几幅画。我最爱《在夕阳的抚弄中的湖景》一幅；那是色彩的世界！而本书的装饰与安排，正如湖景之因夕阳抚弄而可爱，也因孙先生抚弄（若我猜得不错）而可爱！在这些里，我们又可以看见“细磨细琢的春台”呢。

一九二五年六月九日

原载《我们的六月》

草木春秋·紫穗槐 / 汪曾祺

在戴了“右派分子”的帽子以后，我曾经被发到西山种树。在石多土少的山头用镢头刨坑。实际上是在石头上硬凿出一个一个的树坑来，再把凿碎的砂石填入，用九齿耙搂平。山上寸土寸金，树坑就山势而凿，大小形状不拘。这是个非常重的活。我成了“右派”后所从事的劳动，以修十三陵水库和这次西山种树的活最重。那真是玩了命。

一早，就上山，带两个干馒头、一块大腌萝卜。顿顿吃大腌萝卜，这不是个事。已经是秋天了，山上的酸枣熟了，我们摘酸枣吃。草里有蝈蝈，烧蝈蝈吃！蝈蝈得是三尾的，腹大，多子。一会儿就能捉半土筐。点一把火，把蝈蝈往火里一倒，劈劈剥剥，熟了。咬一口大腌萝卜，嚼半个烧蝈蝈，就馒头，香啊。人不管走到哪一步，总得找点乐子，想一点办法，老是愁眉苦脸的，干吗呢！

我们刨了坑，放着，当时不种，得到明年开了春，再种。据说要种的是紫穗槐。

紫穗槐我认识，枝叶近似槐树，抽条甚长，初夏开紫花，花似紫藤而颜色较紫藤深，花穗较小，瓣亦稍小。风摇紫穗，珊珊可爱。

紫穗槐的枝叶皆可为饲料，牲口爱吃，上膘。条可编筐。

刨了约二十多天树坑，我就告别西山八大处回原单位等候处理，从此再也没有上过山。不知道我们刨的那些坑里种上紫穗槐了没有。再见，紫穗槐！再见，大腌萝卜！再见，蝈蝈！

蝉与纺织娘 / 郑振铎

你如果有福气独自坐在窗内，静悄悄的没一个人来打扰你，一点钟，两点钟的过去，嘴里衔着一支烟，躺在沙发上慢慢的喷着烟云，看它一白圈一白圈的升上，那么在这静境之内，你便可以听到那墙角阶前的鸣虫的奏乐。

那鸣虫的作响，真不是凡响；如果你曾听见过曼杜令的低奏，你曾听见过一支洞箫在月下湖上独吹着；你曾听见过红楼的重幔中透漏出的弦管声，你曾听见过流水淙淙的由溪石间流过，或你曾倚在山阁上听着飒飒的松风在足下拂过，那么，你便可以把那如何清幽的鸣虫之叫声想象到一二了。

虫之乐队，因季候的关系而颇有不同，夏天与秋令的虫声，便是截然的两样。蝉之声是高旷的，享乐的，带着自己满足之意的；它高高的栖在梧桐树或竹枝上，迎风而唱，那是生之歌，生之盛年之歌，那是结婚曲，那是中世纪武士美人的大宴时的行吟诗人之歌。无论听了那叽——叽——的曼长声，或叽格——叽格——的较短声，都可同样的受到一种轻快的美感。秋虫的鸣声最复杂。但无论纺织娘的咭嘎，蟋蟀的唧唧，金铃子之叮令，还有无数无数不可名状的秋虫之鸣声，其音调之凄抑却都是一样的；它们唱的是秋之歌，是暮年之歌，是薤露之曲。它们的歌声，是如秋风之扫落叶，怨妇之奏琵琶。孤峭而幽奇，清远而凄迷，低徊而愁肠百结。你如果是一个孤客，独宿于荒郊逆旅，一盏荧荧的油灯，对着一张板床，一张木桌，一二张硬板凳，再一听见四壁唧唧知知的虫声间作，那你今夜便不用再想稳稳的安睡了，什么愁情，乡思，以及人生之悲感，都会一串串的从根儿勾引起来，在你心上翻来覆去，如白老鼠在戏笼中走轮盘一般，一上去便不用想下来憩息。如果你不是一个客人，你有家庭，你有很好的太太，你并没有什么闲愁胡想，那么，在你太太已睡之后，你想在书房中静静的写些东西时，这唧唧的秋虫之声却也会无端的窜入你的心里，翻掘起你向不曾有过的一种凄感呢。如果那一夜是一个月夜，天井里统是银白色，枯秃的树影，一根一条的很清朗的印在地上，那么你的感触将更深了。那也许就是所谓悲秋。

秋虫之声，大都在蝉之夏曲已告终之后出现，那正与气候之寒暖相应。但我却有一次奇异的经验；在无数的纺织娘之鸣声已来了之后，却又听得满耳的蝉声。我想我们的读者中有这种经验的人是必不多的。

我在山中，每天听见的只有蝉声，鸟声还比不上。那时天气是很热，即在山上，也觉得并不凉爽。正午的时候，躺在廊前的藤榻上，要求一点的凉风，却见满山的竹树梢头，一动也不动，看看足底下的花草，也都静静的站着，如老僧入了定似的。风扇之类既得不到，只好不断的用手巾来拭汗，不断的在摇挥那纸扇了。在这时候，往往有几缕的蝉声在槛外鸣奏着。闭了目，静静的听了它们在忽高忽低，忽断忽续，此唱彼和，仿佛是一大阵绝清幽的乐阵在那里奏着绝清幽的曲子，炎热似乎也减少了，然后，蒙眬的蒙眬的睡去了，什么都不觉得。良久，良久，清梦醒来时，却又是满耳的蝉声。山中的蝉真多！绝早的清晨，老妈子们和小孩子们常去抱着竹竿乱摇一阵，而一只二只的蝉便要跟随了朝露而落到地上了。第一个早晨，在我们滴翠轩的左近，至少是百只以上之蝉是这样的被捉。但蝉声却并不减少。

常常的，一只蝉两只蝉，叽的一声，飞入房内，如平时我们所见的青油虫及灯蛾之飞入一样。这也是必定被人所捉的。有一天，见有什么东西在槛外倒水的铅斗中咯笃咯笃的作响，俯身到槛外一看，却又是一只蝉，这当然又是一个俘虏了。还有好几次，在山脊上走时，忽见矮林丛中有什么东西在动，拨开林丛一看，却也是一只蝉。它是被竹枝竹叶挡阻住了不能飞去。我把它拾在手中。同行的心南先生说，“这有什么稀奇，放走了它吧，要多少还怕没有！”我便顺手把它向风中一送，它悠悠扬扬的飞去很远很远，渐渐的不见了。我想不到这只蝉就在刚才是地上拾了来的那一只！

初到时，颇想把它们捉几个寄到上海去送送人。有一次，便托了老妈子去捉。她在第二天一早，果然捉了五六只来放在一个大香烟纸盒中，不料给依真一见，她却吵着，带强迫的要去。我又托那个老妈子去捉。第二天，又捉了四五只来。依真的纸盒中却只剩下两只活的，其余的都死了。到了晚上，我的几只，也死了一半。因此，寄到上海的计划遂根本的打消了。从此以后，便也不再托人去捉，自己偶然捉来的，也都随手的放去了。那样不经久的东西，留下了它干什么用！不过孩子们却还热心的去捉。依真每天要捉至少三只以上用细绳子缚在铁杆上。有一次，曾有一只蝉居然带了红绳子逃去了；很长的一根红绳子，拖在它后面，在风中飘荡着，很有趣味。

半个月过去了；有的时候，似乎蝉声略少，第二天却又多了起来。虽然是叽——叽——的不息的鸣着，却并不觉喧扰；所以大家都不讨厌它们。我却特别的爱听它们的歌唱，那样的高旷清远的调子，在什么音乐会中可以听得到！所以我每以蝉声将绝为虑，时时的干涉孩子们的捕捉。

到了一夜，狂风大作，雨点如从水龙头上喷出似的，向槛内廊上倾倒。第二天还不放晴。再过一天，晴了，天气却很凉，蝉声乃不再听见了！全山上在鸣唱着的却换了一种咭嘎——咭嘎——的急促而凄楚的调子，那是纺织娘。

“秋天到了，”我这样的说着，颇动了归心。

再一天，纺织娘还是咭嘎咭嘎的唱着。

然而，第三天早晨，当太阳晒得满山时，蝉声却又听见了！且很不少。我初听不信；叽——叽——叽格——叽格——那确是蝉声！纺织娘之声却又潜踪了。

蝉回来了，跟它回来的是炎夏。从箱中取出的棉衣又复放入箱中。下山之计遂又打消了。

谁曾于听了纺织娘歌声之后再听见蝉的夏曲呢？这是我的一个有趣的经验。

十一月八日夜补记

我的“三级跳” / 冯骥才

我离开学校进入社会，将近二十年，换了三种职业。先是专业篮球运动员（故此我常说自己是“运动员出身”），而后改为从事绘画，近两年终日捏着笔杆，开始了文学生涯。这好比职业上的“三级跳”，而每一跳都跨进一个全新的领域。这三种职业又都是我热爱的。有的同志对我的经历饶有兴趣，问我怎么从“打球”跳到“画画”，又从“画画”跳到“文学创作”上来的。谈谈这“三级跳”的过程，恐怕能给一些同志点启发，从中悟到某些道理。

我上小学时就淘气得很。功课勉强过得去，全仗着记忆力强和有些小聪明。兴趣都在课下。那些在孩子们中间一阵阵流行起来的小游戏，像什么砸杏核啦、抓羊拐啦、拍毛片儿啦、捉蟋蟀啦等，我都予以极浓厚的兴趣。尤其爱玩球和画画。下学铃声一响，就和一群同学飞奔到操场，把书包、帽子往地上一扔，摆个“大门”，一直踢到天黑也不肯回家。有时一脚把球踢远，都不易找到。在课堂上课时，则是我画画最好的时刻。将课本像个小屏风那样立在前边，挡住老师的视线，再从作业本上扯下一页白纸，便开始大画起来。起先是一边听讲一边画。画飞机、大炮、舰队、小人。画得入迷时，嘴里便不自觉地发出枪鸣炮响、小人呼叫的声音。忽然，只听一声呵斥，老师已站在面前，严厉地板着面孔，把我这些心爱的画没收了。记得我小学时的课本从来不是干干净净的，封面、封底和所有空白处都挤满了我想象出来的奇怪而稚气的形象。

这些在课余练就的“本领”总算有用。到了中学，我就成了学校篮球队的队员，还是常常赢得学校里的球迷们掌声的一名主力中锋，同时也是学校美术组的积极分子。寒暑假期里，跟一位私人教画教师学习中国画。高中一年级时，我以一幅题为《夏天》的国画作品参加市里举办的中学生美术展览而获得了奖状和奖品。可惜由于年深日久，这张能够作为纪念的奖状不知何时丢掉了。这时，我又爱上了文学。一个人在少年时代，总有一部分时间生活在幻想里，对万物充满好奇，感情混在热血中，炽烈又易于冲动，因此特别容易迷恋于诗。许多从事文学工作的人，开始起步时，大都是在日记本上写满一页页不成样的，却是真挚的诗句。于是，在我的小小书桌上，唐宋大诗人们的集子，以及普希金、莱蒙托夫、海涅、拜伦、惠特曼的集子，就把课本埋了起来。我爱那些诗，常常一连半个多小时独自在屋里充满感情地背诵那些诗，也模仿着写了一本又一本诗集。取了些自以为很美和很深奥的名字，自己做插图和封面，自己出书。并把这些自制的诗集和我所崇拜的巨匠的诗作放在一起，引以为快……

想想看，我有那么多爱好，学业自然不大出众。尤其在理工科方面，往往必须补考才能将就够上及格的分数。我在历任的数学教师的眼里，是个缺乏数字概念、不可造就、低能的学生。前不久，我中学时代的一位老师来信说："你给我留下的印象是，爱打球、贪玩儿、画儿画得不错。你挺聪明，但绝不是模范生……"

他说的一点儿也不错。高中毕业后，我被一位有名的篮球教练一眼看上，选入了天津市男子篮球队。这是我"跳"的第一步。

这里没有更多篇幅来尽述我那段时间的迷人和有趣的运动员生活。我虽然渴望能成为一名出色的球手，但不知为什么，始终抛不开书和画。每当周末休假，我就急急渴渴跑回家，脚上穿着球鞋，一双胳膊就架在书桌上，画上整整一天。在我那运动队宿舍床位的枕边，总堆着书。那时球队正采用日本名教练大松博文的大运动量训练。晚间，同屋的经过一天紧张训练的队员们都酣睡了，鼾声如雷，我却捧着一本书，对那些跃动着动人形象的、富于魔力的文学，极力张开疲乏的眼皮……

这时，我已隐隐地感到，打球还不是我最终选定的职业，好像一只暂时小憩花枝上的鸟儿。花儿虽美，香气扑鼻，却还不是它的归宿。

在一场比赛时，我受了伤，离开了球队。这一下，我就跳进了十分喜爱的、渴望已久的绘画中来了。这便是我的第二“跳”。

开始，我在一个画社，从事古画仿制工作。我当初学画时，入手宋代的北宋画法。我摹制的画，大多是宋代画家范宽、刘松年、马远、夏圭等人的作品。由于我对风俗画抱有兴趣，也刻意于酷肖地临摹过苏汉臣的《货郎图》和张择端的《清明上河图》。这时我对艺术的兴趣就广泛展开了。人类文化有如广袤无际的天地，各种文学艺术之间息息相通，若在这中间旅行，饱览过一处名胜之后，自然要想到另一处有着无穷情趣的千岩万壑遨游一番。由中国画到西洋绘画，由中国文学到外国文学，由古典到现代，由正统艺术到民间艺术，我差不多都涉猎了。而各种文学艺术所独具的艺术美互相不能替代，几乎差不多以同样的魅力磁石般地吸引着我。我深深所喜爱的古今中外的名著和名画，一口气是数不尽的。曾有一段时间，我致力于考察本地的民间艺术的渊源和历史，如风筝、泥塑、砖刻、年画等等。那时，我的桌上和柜顶便站满了从市郊和外县征集来的泥人泥马。这使我的兴趣深入到对地方风俗和地方史的研究上。我把这些随时得到的体会写成一些小文章，开始在本市的报纸上发表。当一个青年看到自己用心血铸成的文字出现在报刊上，他不仅会得来喜悦、动力和自信，从此笔杆也就要牢牢握在他的手里，不再容易抛掉……

这样，我就再一次感到，绘画仍不是我最好的归宿。我广泛的爱好，我所要表现的，如同一盆水，而绘画对于我却仅仅是一个小小的碗儿。似乎我还要再一次从职业里跳出来。

近十多年的生活，使我一下子了解和熟悉了无数的人。那么多深切的感觉、思想和情感有待于表现。绘画绝不是我最得力的工具，我便毅然从调色盘里拔足而起，落入了文坛，走上了文学创作的道路。

这便是我职业上“三级跳”的简要的全过程。

这样，我就如同一个迷途在外的游子，终于找到了自己的故居；如同游入大海的一条鱼儿，得以自由自在地遨游。对于一个从事文学的人来说，他的全部经历、全部爱好、全部知识，都是有用的，一点儿也不会浪费掉。一部成功的文学作品要囊括进去多么丰富的生活！多么庞杂的生活知识、经验和感受！作者只会常常感到自己生活浅薄，知识狭窄和贫乏，缺陷处很多，需要随时和及时加以补充。

这一点，我深有体会。

我做过运动员。除去这段生活的积累会给我写运动员生活题材的作品提供素材之外，还使我有较好的身体基础。写东西不仅要用脑力，也要有饱满的精力。没有精力，几十万字一贯到底谈何容易！有人以为，写书的人都是弱不禁风的文弱书生，其实不然。手执一支笔，目对空无一字的稿纸，一写十几个小时，长年如此，难道不是全仗着充沛的精力吗？而精力却蕴发自强劲的体力中。因此我现在每天都要早起跑跑步，以保持体力和精力而不衰。

我画过画。绘画锻炼一个人对可视的美的事物的发现力、对形象的记忆力、对于想象和虚构的形象与空间境象具体化的能力。许多善画和精通绘画的作家(如曹雪芹、罗曼·罗兰、萨克雷等)对形象的描写都来得比较容易,得心应手,给人以似可目见的画面感。而文学的要求之一就是"要立即生出形象"(契诃夫语)。我深感有绘画修养,对写小说帮助可太大了。所以我现在也没有撂下画笔,而在写作之余,时时捉笔来画一画。

我其余那些庞杂的爱好,如地方史啦、地方风俗啦、民间艺术啦、古代文物啦等等,对于我写作,都起着直接与间接的作用。比如我写长篇历史小说《义和拳》和《神灯》时,这些平日所留意而积累下来的知识.都变成创作时极其珍贵而随手拈来的素材了。

我还喜欢音乐。尤爱听钢琴曲和提琴的独奏曲、协奏曲,以及大型交响乐。它们启发我对美的联想,丰富情感,给予我无穷、复杂和深远的境界。各种艺术在本质上都有着许多共同之处。长篇小说很像一部大型交响乐,小说中人物之间的穿插不就同交响乐里各种乐器的配合一样吗?一部书中的繁与疏、张与弛、虚与实、高潮与低潮,与一部乐曲中起伏消长的变化多么相像!在音乐欣赏中,可以悟解到多少文学创作中应该遵循的艺术规律啊!

关于文学与艺术的关系、姐妹艺术修养的必要性等问题,可以另写一大篇文章。这里,我想从自己的"三级跳"引出另外一些话——

从我的经历上放开看，许多人开始从事的工作，并不一定是最适合自己的工作。人的才能是多方面的，有的人在美术上，有的人在运动上，有的人在计算上，有的人在组织能力上；有的人手巧得很，有的人耳朵相当灵敏，有的人口才出众，有的人天生一副动听的金嗓子。但这才能在他的本职工作中往往由于不需要，或用不上，而被埋没，如同一粒深埋在沙砾下的珍珠，未得发光放彩，而业余生活却是一片造就人才的天地。我要对某些同志说，如果你发现自己在某方面的特长和素质时，应当抓紧业余时间，埋头苦干，先在这块天地里干出一番成绩来，我相信你最终会像我这样——跳进自己热爱的职业中。你去看吧！古往今来，大部分专业人才都是从“业余”中产生的。当然这需要一种为了革命的个人奋斗的精神！

对于某些领导同志，切不要把那些在业余时间里抱着一种正当爱好、埋头钻研的人，看作是“不务正业”。否则，便是不恰当的、短视的、狭隘的。在一个突飞猛进向前飞跃的社会里，必然是所有人的才能（各种各样的才能）都得到最大限度的发挥。只有每个人都挥尽自己的血汗与才能，科学才能进步，文化才能繁荣，国家才能富强。

我从绘画跳入文学时，原单位一个领导对我说：“我不留你。虽然我也很需要你。但我知道，你去写作，对社会的贡献会更大。”

我听了感动万分，眼睛都潮湿了。文艺工作者的成长和进步，多么需要党的阳光和领导的帮助啊！

邓小平同志在全国第四次文代会《祝词》中说：“必须重视文艺人才的培养。在一个九亿多人口的大国里，杰出的文艺家实在太少了。这种状况，与我们的时代很不相称。我们不仅要从思想上，而且要从工作制度上，创造有利于杰出人才涌现和成长的必要条件。”“四人帮”被粉碎后，我们又 次亲身感受到，党坚决贯彻执行“双百方针”，为文艺的发展开拓广阔的天地，无论是老一辈的、青年一代的专业、业余文艺工作者都受到过关怀和培养。因此，每当我回想起自己如何走上文学创作道路时常想，应怎样努力提高自己，更不要辜负党的培养，永远忠实于生活，为人民服务，为社会主义服务。

入厕读书 / 周作人

郝懿行著《晒书堂笔录》卷四有《入厕读书》一条云：

“旧传有妇人笃奉佛经，虽入厕时亦讽诵不辍，后得善果而竟卒于厕，传以为戒，虽出释氏教人之言，未必可信，然亦足见污秽之区，非讽诵所宜也。《归田录》载钱思公言平生好读书，坐则读经史，卧则读小说，上厕则阅小词，谢希深亦言宋公垂每走厕必挟书以往，讽诵之声琅然闻于远近。余读而笑之，入厕脱裤，手又携卷，非惟太亵，亦苦甚忙，人即笃学，何至乃尔耶。至欧公谓希深言平生所作文章多在三上，乃马上枕上厕上也，盖惟此尤可以属思尔，此语却妙，妙在亲切不浮也。”郝君的文章写得很有意思，但是我稍有异议，因为我是颇赞成厕上看书的。小时候听祖父说，北京的跟班有一句口诀云，老爷吃饭快，小的拉矢快，跟班的话里含有一种讨便宜的意思，恐怕也是事实。一个人上厕的时间本来难以一定，但总未必很短，而且这与吃饭不同，无论时间怎么短总觉得这是白费的，想方法要来利用他一下。如吾乡老百姓上茅坑时多顺便喝一筒旱烟，或者有人在河沿石磴下淘米洗衣，或有人挑担走过，又可以高声谈话，说这米几个铜钱一升或是到什么地方去。读书，这无非是喝旱烟的意思罢了。

话虽如此，有些地方原来也只好喝旱烟，于读书是不大相宜的。上文所说浙江某处一带沿河的茅坑，是其一。从前在南京曾经寄寓在一个湖南朋友的书店里，这位朋友姓刘，我从赵伯先那边认识了他，那年有乡试，他在花牌楼附近开了一家书店，我患病住在学堂里很不舒服，他就叫我住到他那里去，替我煮药煮粥，招呼考相公卖书，暗地还要运动革命，他的精神实在是很可佩服的。我睡在柜台里面书架子的背后，吃药喝粥都在那里，可是便所却在门外，要走出店门，走过一两家门面，一块空地的墙根的垃圾堆上。到那地方去我甚以为苦，这一半固然由于生病走不动，就是在康健时也总未必愿意去的，是其二。民国八年夏我到日本日向去访友，住在一个名叫木城的山村里，那里的便所虽然同普通一样上边有屋顶，周围有板壁门窗，但是他同住房离开有十来丈远，孤立田间，晚间要提了灯笼去，下雨还得撑伞，而那里雨又似乎特别多，我住了五天总有四天是下雨，是其三。末了是北京的那种茅厕，只有一个坑两垛砖头，雨淋风吹日晒全不管。去年往定州访伏园，那里的茅厕是琉球式的，人在岸上，猪在坑中，猪咕咕的叫，不习惯的人难免要害怕，哪有工夫看什么书，是其四。《语林》云，石崇厕有绛纱帐大床，茵蓐甚丽，两婢持锦香囊，这又是太阔气了，也不适宜。其实我的意思是很简单的，只要有屋顶，有墙有窗有门，晚上可以点灯，没有电灯就点白蜡烛亦可，离住房不妨有二三十步，虽然也要用雨伞，好在北方不大下雨。如有这样的厕所，那么上厕时随意带本书去读读我想倒还是呒啥的吧。

谷崎润一郎著《摄阳随笔》中有一篇《阴翳礼赞》，第二节说到日本建筑的厕所的好处。在京都奈良的寺院里，厕所都是旧式的，阴暗而扫除清洁，设在闻得到绿叶的气味青苔的气味的草木丛中，与住房隔离，有板廊相通。蹲在这阴暗光线之中，受着微明的纸障的反射，耽于冥想，或望着窗外院中的景色，这种感觉真是说不出地好。他又说：

“我重复地说，这里须得有某种程度的阴暗，彻底的清洁，连蚊子的呻吟声也听得清楚地寂静，都是必须的条件。我很喜欢在这样的厕所里听潇潇地下着的雨声。特别在关东的厕所，靠着地板装有细长的扫出尘土的小窗，所以那从屋檐或树叶上滴下来的雨点，洗了石灯笼的脚，润了跕脚石上的苔，幽幽地沁到土里去的雨声，更能够近身地听到。实在这厕所是宜于虫声，宜于鸟声，亦复宜于月夜，要赏识四季随时的物情之最相适的地方，恐怕古来的俳人曾从此处得到过无数的题材吧。这样看来，那么说日本建筑之中最是造得风流的是厕所，也没有什么不可。”谷崎压根儿是个诗人，所以说得那么好，或者也就有点华饰，不过这也只是在文字上，意思却是不错的。日本在近古的战国时代前后，文化的保存与创造差不多全在五山的寺院里，这使得风气一变，如由工笔的院画转为水墨的枯木竹石，建筑自然也是如此，而茶室为之代表，厕之风流化正其余波也。

佛教徒似乎对于厕所向来很是讲究。偶读大小乘戒律，觉得印度先贤十分周密地注意于人生各方面，非常佩服，即以入厕一事而论，后汉译《大比丘三千威仪》下列举“至舍后者有二十五事”，宋译《萨婆多部毗尼摩得勒伽》六自“云何下风”至“云何筹草”凡十三条，唐义净著《南海寄归内法传》二有第十八“便利之事”一章，都有详细的规定，有的是很严肃而幽默，读了忍不住五体投地。我们又看《水浒传》鲁智深做过菜头之后还可以升为净头，可见中国寺里在古时候也还是注意此事的。但是，至少在现今这总是不然了，民国十年我在西山养过半年病，住在碧云寺的十方堂里，各处走到，不见略略像样的厕所，只如在《山中杂信》五所说：

“我的行踪近来已经推广到东边的水泉。这地方确是还好，我于每天清早没有游客的时候去徜徉一会，赏鉴那山水之美。只可惜不大干净，路上很多气味，——因为陈列着许多《本草》上的所谓人中黄。我想中国真是一个奇妙的国，在那里人们不容易得着营养料，也没有方法处置他们的排泄物。”在这种情形之下，中国寺院有普通厕所已经是大好了，想去找可以冥想或读书的地方如何可得。出家人那么拆烂污，难怪白衣矣。

但是假如有干净的厕所，上厕时看点书却还是可以的，想作文则可不必。书也无须分好经史子集，随便看看都成。我有一个常例，便是不拿善本或难懂的书去，虽然看文法书也是寻常。据我的经验，看随笔一类最好，顶不行的是小说。至于朗诵，我们现在不读八大家文，自然可以无须了。

十月

宴之趣 / 郑振铎

虽然是冬天，天气却并不怎么冷，雨点淅淅沥沥的滴个不已，灰色云是弥漫着；火炉的火是熄下了，在这样的秋天似的天气中，生了火炉未免是过于燠暖了。家里一个人也没有，他们都出外“应酬”去了。独自在这样的房里坐着，读书的兴趣也引不起，偶然的把早晨的日报翻着，翻着，看看它的广告，忽然想起去看 *Merry Widow*[①] 吧。于是独自的上了电车，到派克路跳下了。

在黑漆的影戏院中，乐队悠扬的奏着乐，白幕上的黑影，坐着，立着，追着，哭着，笑着，愁着，怒着，恋着，失望着，决斗着，那还不是那一套，他们写了又写，演了又演的那一套故事。

但至少，我是把一句话记住在心上了：

---

① 美国影片名，中译名《风流寡妇》。

“有多少次，我是饿着肚子从晚餐席上跑开了。”

这是一句隽妙无比的名句；借来形容我们宴会无虚日的交际社会，真是很确切的。

每一个商人，每一个官僚，每一个略略交际广了些的人，差不多他们的每一个黄昏，都是消磨在酒楼菜馆之中的。有的时候，一个黄昏要赶着去赴三四处的宴会。这些忙碌的交际者真是妓女一样，在这里坐一坐，就走开了，又赶到别一个地方去了，在那一个地方又只略坐一坐，又赶到再一个地方去了。他们的肚子定是不会饱的，我想。有几个这样的交际者，当酒阑灯灺，应酬完毕之后，定是回到家中，叫底下人烧了稀饭来堆补空肠的。

我们在广漠繁华的上海，简直是一个村气十足的“乡下人”；我们住的是乡下，到“上海”去一趟是不容易的，我们过的是乡间的生活，一月中难得有几个黄昏是在“应酬”场中度过的。有许多人也许要说我们是“孤介”，那是很清高的一个名辞。但我们实在不是如此，我们不过是不惯征逐于酒肉之场，始终保持着不大见世面的“乡下人”的色彩而已。

偶然的有几次，承一二个朋友的好意，邀请我们去赴宴。在座的至多只有三四个熟人，那一半生客，还要主人介绍或自己去请教尊姓大名，或交换名片，把应有的初见面的应酬的话讷讷的说完了之后，便默默的相对无言了。说的话都不是有着落，都不是从心里发出的；泛泛的，是几个音声，由喉咙头溜到口外的而已。过后自己想起那样的敷衍的对话，未免要为之失笑。如此的，说是一个黄昏在繁灯絮语之宴席上度过了，然而那是如何没有生趣的一个黄昏呀！

有几次，席上的生客太多了，除了主人之外没有一个是认识的；请教了姓名之后，也随即忘记了。除了和主人说几句话之外，简直的无从和他们谈起。不晓得他们是什么行业，不晓得他们是什么性质的人，有话在口头也不敢随意的高谈起来。那一席宴，真是如坐针毡；精美的羹菜，一碗碗的捧上来，也不知是什么味儿。终于忍不住了，只好向主人撒一个谎，说身体不大好过，或是说还有应酬，一定要去的。——如果在谣言很多的这几天当然是更好托辞了，说我怕戒严提早，要被留在华界之外——虽然这是无礼貌的，不大应该的，虽然主人是照例的殷勤的留着，然而我却不顾一切的不得不走了。这个黄昏实在是太难挨得过去了！回到家里以后，买了一碗稀饭，即使只有一小盏萝卜干下稀饭，反而觉得舒畅，有意味。

如果有什么友人做喜事，或寿事，在某某花园，某某旅社的大厅里，大张旗鼓的宴客，不幸我们是被邀请了，更不幸我们是太熟的友人，不能不到，也不能道完了喜或拜完了寿，立刻就托辞溜走的，于是这又是一个可怕的黄昏。常常的张大了两眼，在寻找熟人。好容易找到了，一定要紧紧的和他们挤在一处，不敢失散。到了坐席时，便至少有两三人在一块儿可以谈谈了，不至于一个人独自的局促在一群生面孔的人当中，惶恐而且空虚。当我们两三人在津津的谈着自己的事时，偶然抬起眼来看着对面的一个坐客，他是凄然无侣的坐着；大家酒杯举了，他也举着；菜来了，一个人说“请，请”，同时把牙箸伸到盘边，他也说“请，请”，也同样的把牙箸伸出。除了吃菜之外，他没有目的，菜完了，他便局促的独坐着。我们见了他，总要代他难过，然而他终于能够终了席方才起身离座。

宴会之趣味如果仅是这样的，那么，我们将咒诅那第一个发明请客的人；喝酒的趣味如果仅是这样的，那么，我们也将打倒杜康与狄奥尼修士了。

然而又有的宴会却幸而并不是这样的；我们也还有别的可以引起喝酒的趣味的环境。

独酌，据说，那是很有意思的。我少时，常见祖父一个人执了一把锡的酒壶，把黄色的酒倒在白磁小杯里，举了杯独酌着；喝了一小口，真正一小口，便放下了，又拿起筷子来夹菜。因此，他食得很慢，大家的饭碗和筷子都已放下了，且已离座了，而他却还在举着酒杯，不匆不忙的喝着。他的吃饭，尚在再一个半点钟之后呢。而他喝着酒，颜微酡着，常常叫道：“孩子，来。”而我们便到了他的跟前。他夹了一块只有他独享着的菜蔬放在我们口中，问道：“好吃么？”我们往往以点点头答之。在孙男与孙女中，他特别的喜欢我，叫我前去的时候尤多。常常的，他把有了短髭的嘴吻着我的面颊，微微有些刺痛，而他的酒气从他的口鼻中直喷出来。这是使我很难受的。

这样的，他消磨过了一个中午和一个黄昏。天天都是如此。我没有享受过这样的乐趣，然而回想起来，似乎他那时是非常的高兴，他是陶醉着，为快乐的雾所围着，似乎他的沉重的忧郁都从心上移开了，这里便是他的全个世界，而全个世界也便是他的。

别一个宴之趣，是我们近几年所常常领略到的，那就是集合了好几个无所不谈的朋友，全座没有一个生面孔，在随意的喝着酒，吃着菜，上天下地的谈着。有时说着很轻妙的话，说着很可发笑的话，有时是如火如剑的激动的话，有时是深切的论学谈艺的话，有时是随意的取笑着，有时是面红耳热的争辩着，有时是高妙的理想在我们的谈锋上触着，有时是恋爱的遇合与家庭的与个人的身世使我们谈个不休。每个人都把他的心胸赤裸裸的袒开了，每个人都把他的向来不肯给人看的面孔显露出来了；每个人都谈着，谈着，谈着，只有更兴奋的谈着，毫不觉得“疲倦”是怎么一个样子。酒是喝得干了，菜是已经没有了，而他们却还是谈着，谈着，谈着。那个地方，即使是很喧闹的，很湫狭的，向来所不愿意多坐的，而这时大家却都忘记了这些事，只是谈着，谈着，谈着，没有一个人愿意先说起告别的话。要不是为了戒严或家庭的命令，竟不会有人想走开的。虽然这些闲谈都是琐屑之至的，都是无意味的，而我们却已在其间得到宴之趣了；——其实在这些闲谈中，我们是时时可发现许多珠宝的；大家都互相的受着影响，大家都更进一步了解他的同伴，大家都可以从那里得到些教训与利益。

“再喝一杯，只要一杯，一杯。”

“不，不能喝了，实在的。”

不会喝酒的人每每这样的被强迫着而喝了过量的酒。面部红红的，映在灯光之下，是向来所未有的壮美的丰采。

“圣陶，干一杯，干一杯。”我往往的举起杯来对着他说，我是很喜欢一口一杯的喝酒的。

“慢慢的，不要这样快，喝酒的趣味，在于一小口一小口的喝，不在于‘干杯’。”圣陶反抗似的说，然而终于他是一口干了。一杯又是一杯。

连不会喝酒的愈之，雁冰，有时，竟也被我们强迫的干了一杯。于是大家哄然的大笑，是发出于心之绝底的笑。

再有，佳年好节，合家团团的坐在一桌上，放了十几双的红漆筷子，连不在家中的人也都放着一双筷子，都排着一个座位。小孩子笑孜孜的闹着吵着，母亲和祖母温和的笑着，妻子忙碌着，指挥着厨房中厅堂中仆人们的做菜，端菜，那也是特有一种融融泄泄的乐趣，为孤独者所妒羡不止的，虽然并没有和同伴们同在时那样的宴之趣。

还有，一对恋人独自在酒店的密室中晚餐；还有，从戏院中偕了妻子出来，同登酒楼喝一二杯酒；还有，伴着祖母或母亲在熊熊的炉火旁边，放了几盏小菜，闲吃着宵夜的酒，那都是使身临其境的人心醉神怡的。

宴之趣是如此的不同呀！

第四章

人生的一切收获，都压在苦字下边

快乐把时光缩短，苦难把岁月拉长，
一如这长长的仿佛没有尽头的苦夏。
但我至今不喜欢谈自己往日的苦楚与磨砺。
相反，我却从中领悟到“苦”字的分量。
苦，原是生活中的蜜。
人生的一切收获都压在这沉甸甸的苦字的下边。

苦夏 / 冯骥才

这一日，终于撂下扇子。来自天上干燥清爽的风，忽吹得我衣飞举，并从袖口和裤管钻进来，把周身滑溜溜地抚动。我惊讶地看着阳光下依旧夺目的风景，不明白数日前那个酷烈非常的夏天突然到哪里去了。

是我逃遁似的一步跳出了夏天，还是它就像一九七六年的“文革”那样——在一夜之间崩溃？

身居北方的人最大的福分，便是能感受到大自然的四季分明。我特别能理解一位新加坡朋友，每年冬天要到中国北方住上十天半个月，否则会一年里周身不适。好像不经过一次冷处理，他的身体就会发酵。他生在新加坡，祖籍中国河北，虽然人在“终年都是夏”的新加坡长大，血液里肯定还执着地潜在着大自然四季的节奏。

四季是来自宇宙的最大的拍节。在每一个拍节里，大地的景观便全然变换与更新。四季还赋予地球以诗，故而悟性极强的中国人，在四言绝句中确立的法则是：起、承、转、合。这四个字恰恰就是四季的本质。起始如春，承续似夏，转变若秋，合拢为冬。合在一起，不正是地球生命完整的一轮？为此，天地间一切生命全都依从着这一拍节，无论岁岁枯荣与生死的花草百虫，还是长命百岁的漫漫人生。然而在这生命的四季里，最壮美和最热烈的不是这长长的夏吗？

女人们孩提时的记忆散布在四季，男人们的童年往事大多是在夏天里。这由于，我们儿时的伴侣总是各种各样的昆虫。蜻蜓、天牛、蚂蚱、螳螂、蝴蝶、蝉、蚂蚁、蚯蚓，此外还有青蛙和鱼儿。它们都是夏日生活的主角，每种昆虫都给我们带来无穷的快乐。甚至我对家人和朋友们记忆最深刻的细节，也都与昆虫有关。比如妹妹一见到壁虎就发出一种特别恐怖的尖叫，比如邻家那个斜眼的男孩子专门残害蜻蜓，比如同班一个最好看的女生头上花形的发卡，总招来蝴蝶落在上边。再比如，父亲睡在铺了凉席的地板上，夜里翻身居然压死了一只蝎子。这不可思议的事使我感到父亲的无比强大。后来父亲挨斗，挨整，写检查，我劝慰和宽解他，怕他自杀，替他写检查——那是我最初写作的内容之一。这时候父亲那种强大感便不复存在。生活中的一切事物，包括夏天的意味全都发生了变化。

在快乐的童年里，根本不会感到蒸笼般夏天的难耐与难熬。唯有在此后艰难的人生里，才体会到苦夏的滋味。快乐把时光缩短，苦难把岁月拉长，一如这长长的仿佛没有尽头的苦夏。但我至今不喜欢谈自己往日的苦楚与磨砺。相反，我却从中领悟到“苦”字的分量。苦，原是生活中的蜜。人生的一切收获都压在这沉甸甸的苦字的下边，然而一半的苦字下边又是一无所有。你用尽平生的力气，最终所获与初始时的愿望竟然去之千里。你该怎么想？

于是我懂得了这苦夏——它不是无尽头的暑热的折磨，而是我们顶着毒日头默默又坚忍的苦斗的本身。人生的力量全是对手给的，那就是要把对手的压力吸入自己的骨头里。强者之力最主要的是承受力。只有在匪夷所思的承受中才会感到自己属于强者，也许为此，我的写作一大半是在夏季。很多作家包括普希金不都是在爽朗而惬意的秋天里开花结果？我却每每进入炎热的夏季，反而写作力加倍地旺盛。我想，这一定是那些沉重的人生的苦夏，煅造出我这个反常的性格习惯。我太熟悉那种写作久了，汗湿的胳膊粘在书桌玻璃上的美妙无比的感觉。

在维瓦尔第的《四季》中，我常常只听“夏”的一章。它使我激动，胜过春之蓬发、秋之灿烂、冬之静穆。友人说“夏”的一章，极尽华丽之美。我说我从中感受到的，却是夏的苦涩与艰辛，甚至还有一点儿悲壮。友人说，我在这音乐情境里已经放进去太多自己的故事。我点点头，并告诉他我的音乐体验。音乐的最高境界是超越听觉；不只是它给你，更是你给它。

年年夏日，我都会这样体验一次夏的意义，从而激情迸发，心境昂然。一手撑着滚烫的酷暑，一手写下许多文字来。

今年我还发现，这伏夏不是被秋风吹去的，更不是给我们的扇子轰走的——

夏天是被它自己融化掉的。

因为，夏天的最后一刻，总是它酷热的极致。我明白了，它是耗尽自己的一切，才显示出夏的无边的威力。生命的快乐是能量淋漓尽致地发挥。但谁能像它这样，用一种自焚的形式，创造出这火一样辉煌的顶点？

于是，我充满了夏之崇拜！我要一连跨过眼前的辽阔的秋、悠长的冬和遥远的春，再一次邂逅你，我精神的无上境界——苦夏！

秋天 / 李广田

生活，总是这样散文似地过去了，虽然在那早春时节，有如初恋者的心情一样，也曾经有过所谓“狂飙突起”，但过此以往，船便永浮在了缓流上。夏天是最平常的季候，人看了那绿得黝黑的树林，甚至那红得像再嫁娘的嘴唇似的花朵，不是就要感到了生命之饱满吗？这样饱满无异于“完结”，人不会对它默默地凝视也不会对它有所沉思了。那好像要烤焦了大地的日光，有如要把人们赶进墙缝里去一般，是比冬天还更使人讨厌。

而现在是秋天了，和春天比较起来，春天是走向“生”的路，那个使我感到大大的不安，因为我自己是太弱了，甚至抵抗不过这自然的季候之变化，为什么听了街巷的歌声便停止了工作？为什么听到了雨滴便跑出了门外？一枝幼芽，一朵湿云，为什么就要感到了疯狂？我自恨不能和它鱼水和谐，它鼓作得我太不安定了，我爱它，然而我也恨它，即至到夏天成熟了，这才又对它思念起来，但是到了现在，这秋天，我却不记得对于春天是些什么情场了，只有看见那枝头的黄叶时，也还想：这也像那“绿柳才黄半未匀”的样子，但总是另一种意味了。我不愿意说秋天是走向“死”的路，——请恕我这样一个糊涂安排——宁可以把“死路”加给夏天，而秋天，甚至连那被人骂为黑暗的冬天，又何尝不是走向“生”的路呢，比较起春与夏来，我说它更是走向“生”路的。我将说那落叶是为生而落，而且那冰雪之下的枝条里面正在酝酿着生命之液。而它们的沉着的力，它们的为了将来，为了生命而表现出来的melancholy，这使我感到了什么呢？这样的季候，是我所最爱的了。

但是比较起冬天来呢，我却又偏爱了秋。是的，就是现在，我觉得现在正合了我的歌子的节奏。我几乎说不出秋比冬为什么更好，也许因为那枝头的几片黄叶，或是那篱畔的几朵残花，在那些上边，是比较冬天更显示了生命，不然，是在那些上面，更使我忆起了生命吧，一只黄叶，一片残英，那在联系着过去与将来吧。它们将更使人凝视，更使人沉思，更使人怀想及希冀一些关于生活的事吧。这样，人会感到了真实的存在，过去，现在，将来，世界是真实的，人生是真实的，一切都是真实的。所有的梦境，所有的幻想，都是无用的了，无用的事物都一幕幕地掣了过去，我们要向着人生静默，祈祷，来打算一些真实的事物了。

在我，常如是想：生活大非易事，然而这一件艰难的工作，我们是乐得来作的。诚然是艰难，然而也许正因为艰难才有着意义吧。而所谓“好生恶死”者，我想并非说是：“我愿生在世上，不愿死在地下。”如果不甚荒谬，我想该这样说：“我愿走在道上，不愿停在途中。”死不足怕，更不足恶，可怕而可恶的，而且是最无意味的，还不就是那停在途中吗？这样，所谓人生，是走在道上的了。前途是有着希望的，而且路是永长的。希望小的人是有福了，因为他们可以早些休息，然而他们也最不幸，因为他们停在途中了，那干脆不如到地下去。而希望大的人呢，他们也是有福的吗？绝不，他们是更不幸的，然而人间的幸与不幸，却没有什么绝对的意义，谁知道幸的不幸与不幸之幸呢。路是永长的，希望是远大的，然而路上的荆棘呀，手脚的不利呀，这就是所谓人间的苦难了。但是这条路是要走的，因为人生就是走在道上啊，真正尝味着人生苦难的人，他才真正能知道人生的快乐，深切地感到了这样苦难与快乐者，是真地意味到了“实在的生存”者。这样，还不已经足够了吗？如果你以为还不够，或者你并不需要这样，那我不知道你将去找什么，——是神仙呢，还是恶魔？

话，说得有些远了，好在我这篇文章是没有目的的，现在再设法拉它回来，人生是走在道上，希望是道上的灯塔，但是，在背后推着前进，或者说那常常在背后给人以鞭策的是什么呢？于此，让我们来看看这秋天吧！实在的，不知不觉地就来到秋天了，红的花已经变成了紫，紫的又变了灰，而灰的这就要飘零了，一只黄叶在枝头摇摆着，你会觉到它即刻就有堕下来的危机，而当你踽踽地踏着地下的枯叶，听到那簌簌的声息，忽而又有一只落叶轻轻地滑过你的肩背飞了下来时，你将感到了什么呢？也许你只会念道，“落了！”等到你漫步到旷野，看见那连天衰草的时候，你也许只会念道，“衰了！”然而，朋友们，你也许不曾想到西风会来得这样早，而且，也不该这样凄冷吧，然而你的单薄的衣衫，已经是很难将息的了。“全家都在秋风里，九月衣裳未剪裁”，这在我，年年是赶不上时令，年年是落在了后边的。滺怨时光的无情是无用的，而更可怕的还是人生这件事故吧。到此，人不能不用力的翘起了脚跟，伸长了颈项，去望一望那“道上的灯塔”。而就在这里，背后的鞭子打来了，那鞭子的名字叫做“恐怖”。生活力薄弱的我们，还不曾给“自己的生命”剪好了衣裳，然而西风是吹得够冷的了！

我真不愿看见那一只叶子落了下来，但又知道这叶落是一回“必然”的事，于是对于那一只黄叶就要更加珍惜了，对于秋天，也就更感到了亲切。当人发现了自己的头发是渐渐地脱落时，不也同样地对于头发而感到珍惜吗？同样的，是在这秋天的时候来意味着我们的生活。春天曾给人以希望，而秋天所给的希望是更悠远些，而且秋天所给与的感应是安定而沉着，它又给了人一支恐怖的鞭子，因为人看了这位秋先生的面容时，也不由得不自己照一照镜子了。

给了人更远的希望，向前的鞭策，意识到了生之实在的，而且给人以“沉着”的力量的，是这正在凋亡着的秋。我爱秋天，我对于这荒凉的秋天有如一位多年的朋友。

一九三六年

海 / 许地山

我的朋友说：“人的自由和希望，一到海面就完全失掉了！因为我们太不上算，在这无涯浪中无从显出我们有限的能力和意志。”

我说：“我们浮在这上面，眼前虽不能十分如意，但后来要遇着的，或者超乎我们的能力和意志之外。所以在一个风狂浪骇的海面上，不能准说我们要到什么地方就可以达到什么地方；我们只能把性命先保持住，随着波涛颠来簸去便了。”

我们坐在一只不如意的救生船里，眼看着载我们到半海就毁坏的大船渐渐沉下去。

我的朋友说：“你看，那要载我们到目的地的船快要歇息去了！现在在这茫茫的空海中，我们可没有主意啦。”

幸而同船的人，心忧得很，没有注意听他的话。我把他的手摇了一下说：“朋友，这是你纵谈的时候么？你不帮着划桨么？”

“划桨么？这是容易的事。但要划到哪里去呢？”

我说：“在一切的海里，遇着这样的光景，谁也没有带着主意下来，谁也脱不了在上面泛来泛去。我们尽管划吧。”

乍看舞剑忙提笔 / 老舍

齐白石大师题画诗里有这么一句：“乍看舞剑忙提笔”，这大概是说由看到舞剑的鹤光星流而悟出作画的气势，故急于提笔，恐稍纵即逝也。

刘宝全老夫子是位乐师，弹得一手好琵琶 ，这大有助于他对京韵大鼓的创造新腔，自成一家。

梅兰芳院长喜画。他说过：会画几笔，懂得些彩墨的运用，对设计戏装、舞台布景等颇有帮助。

这类的例子还很多，不必一一介绍。这说明什么？就是：艺术各部门虽各有领域，可是艺术修养却不限于在一个领域里打转转。一位音乐家而会写写诗，填填词，必能按字寻声，丝丝入扣，给歌词制出更好的曲谱来。一位戏曲演员而懂些音韵学，也必能更好地行腔吐字，有余叔岩、言菊朋二家为证。据说：王维的诗中有画，画中有诗，或正因为他既是诗人，又是画家。业精于专，而不忌博也。艺术修养本有专与博的两面，缺一不可。专凭一技之长，不易获得丰富的艺术生活与修养，且往往不能使这一技达乎尖端，有所创辟。古代文人于诗文之外，还讲究精于琴棋书画，也许有些道理。

爱去看戏，还宜自己也学会唱几句。爱看画展，何不自己也学画几笔。自己动手，才能提高欣赏。我记得从前有不少戏曲名演员经常和文人与画家们在一起，你教教我，我教教你，互为师生。我看这个办法不错。当初，我在重庆遇到滑稽大鼓歌手富少舫先生，他要求我给写新词儿，我请他先教会我一些老段子。他教给了我两段最不易唱的，《白帝城》与《长坂坡》。于是，我就能给他写新词儿了。这种互为师生的办法确是不坏。

用不着说，习字学画，或学点吹打拉弹，对陶冶性情也大有好处。每当我工作一天之后，头昏火盛，想发脾气，我就静静地磨点墨，找些废纸，乱写一番。字不成体，全无是处，故有“歪诗怪字愧风流”之语以自嘲。虽愧风流，可是不发脾气了，几乎有练气功之效，连跟我捣乱的白猫也不忍去叱喝一声了。

我有几把戏曲名演员写画的扇子。谈及目前青年演员练字学画，将它们给《北京日报》的记者看了看，证明演员们业余写字作画已有传统。他们嘱我说几句话，就写成这么几行。

载一九六一年六月八日《北京日报》

勤有功 / 老舍

《戏剧报》编辑部嘱谈十年来写剧经验。这不容易谈。经验有好有坏。我的经验好的很少，坏的很多，十年来并没写出过优秀的作品即是明证。

现在谈谈我那很少很少的好经验。至于那些坏经验，当另文述之。

（一）我写的不好，但写的很勤。勤是好习惯。十年来，我发表的作品比我写的少；我扔掉过好几部剧本。我认为在学习过程中，出废品是很难免的。但是，废品也是花了些心血写出来的。所以，出废品并不完全是坏事。失败一次，即长一番经验。我发表过的那些剧本中，从今天看起来，还有应该扔掉的，我很后悔当初没下狠心扔掉了它们。勤是必要的，但勤也还不能保证不出废品。我们应该勤了更勤。若不能勤，即连废品也写不出，虽然省事，但亦难以积累经验，定要吃亏。

勤于习作，就必然勤于观察，对新人新事经常关心。因此，这一本写失败了，即去另写一本。新事物是取之不竭的，何必一棵树吊死人？

即使是废品，其中也会有一二可取之处。不知何时，这一二可取之处还会有用，功夫没有完全白费。

一个人有一个人的工作方法。有的人须花费很多时间，才能写成一部剧本的初稿，而后又用很长时间去修改、加工。曹禺同志便是这样。他大约须用二年的时间写成一部作品。他写的很好。我性急，难取此法。我恨不能同时写三部作品，好的留着，坏的扔了。

对于已经成名的剧作家，我看曹禺同志的办法好（虽然我自己学不了他），不慌不忙地写，极其细致地加工，写出一本是一本，质量不致太差。我的勇于落笔，不怕扔掉的办法可能有益于初习写剧的人。每见青年剧作者，抱定一部剧稿，死不放手，改来改去，始终难以成功。于是力竭气衰，灰心丧胆。这样，也许就消沉下去，不敢再动笔。假若他敢写敢扔，这部不行，就去另写一部，或者倒会生气勃勃，再接再厉。既要学习，就该勤苦。一战成功的愿望一遭到失败，即往往一蹶不起。我们要受得住失败，屡败屡战。在我们写的多了之后，有胜有败，经验丰富了，再去学曹禺同志的办法似较妥当。

只有勤于动笔，才逐渐明白自己的长处与短处，得到提高。有的青年剧作者，在发表了一部相当好的作品之后，即长期歇笔。

他还非常喜爱戏剧，而且随时收集写作资料。可是，资料积蓄了不少，只谈而不写，只虑而不作。要知道，笔墨不落在纸上，谁也不知道资料到底应当如何处理，如何找戏。跟别人谈论，大有好处。但是归根结蒂还是要自己动手去写才能知其究竟。熟才能生巧。写过一遍，尽管不像样子，也会带来不少好处。不断地写作才会逐渐摸到文艺创作的底。字纸篓子是我的密友，常往它里面扔弃废稿，一定会有成功的那一天。

“业精于勤”，信非虚语。

（二）我没有创造出典型的人物，可是我总把人物放在心上。我不大会安排情节，这是我的很大的缺点。我可是向来没有忽略过人物，尽管我笔下的人物并不都突出。

如何创造人物？人各一词，难求总结。从我的经验来看，首先是作者关心人。“目中无人”，虽有情节，亦难臻上乘。我不能说我彻底熟悉曾经描绘过的人物，但是，只要我遇到一个可喜的人物，我就那么热爱他（或她），总设法把他写得比本人更可喜可爱，连他的缺点也是可爱的。作者对人物有深厚的感情，人物就会精神饱满，气象堂堂。对于可憎的人物，我也由他的可憎之处，找出他自己生活得也怪有滋味的理由，以便使他振振有词，并不觉得自己讨厌该死。

我并不照抄人物，而是抓住人物的可爱或可憎之点，从新塑造，这就使想象得到活动的机会。我心中有了整个的一个人，才动笔写他。这样，他的举止言谈才会表里一致，不会自相矛盾。有时候，我的一出戏里用了许多角色，而大体上还都有个性格，其原因在此。大的小的人物都先在我心里成了形，所以不管他们有很多还是很少的台词，他们便一张嘴就差不多，虽三言两语也足以表现他们的性格。

观察人物要随时随地、经常留心的。观察的多了，即能把本来毫不相干的人们拉到一出戏里，形形色色，不至于单调。妇女商店里并没有八十岁的卖茶翁，也没有举人的女儿。我若为写《女店员》而只去参观妇女商店，那么我就只能看见许多年轻的女售货员。不，平日我也注意到街上的卖茶老翁和邻居某大娘。把这老翁与大娘同女售货员们拉上关系，人物就多起来，显着热闹。临时去观察一个人总不如随时注意一切的人更为重要。自己心里没有一个小的人海，创作起来就感到困难。

（三）有人说我的剧中对话写的还不坏，我不敢这么承认。我只是在写对话上用了点心而已。首先是：我要求对话要随人而发，恰合身份。我力求人物不为我说话，而我为人物说话。这样，听众或者得以因话知人，看到人物的性格。我不怕写招笑的废话，假若说话的是个幽默的人。反之，我心目中的人本极严肃，而我使他忽然开起玩笑来，便是罪过！

其次，我要求话里有话，稍有含蓄。因此，有时候我只写了几句简单的话，而希望导演与演员把那未尽之意用神情或动作补足了。这使导演与演员时常感到不好办。可是，他们的确有时候想出好办法，能够不增加词句而把作者的企图圆满地传达出来。这就叫听众听出弦外之音，更有意思。

我用的是普通话，没有什么奇文怪字。可是，我总想用普通话写出一些诗意来，比普通话多着一些东西，高出一块来。我未能句句都这么作到，但是我所作到了的那些就叫人听着有点滋味——既是大白话，又不大像日常习用的大白话。是不是这可以叫作加过工的大白话呢？若是可以，我就愿再多说几句：人物讲话必与理智、感情、性格三者相联系。从这三者去思索，我们就会找到适当的话语，适当的话语不至于空泛无力。找到适当的话语之后，还应再去加工，希望它由适当而精彩。这样，虽然是大白话，可是不至于老老实实地爬行了。它能一针见血，打动人心。说真的，假若话剧中的对话与日常生活中的语言毫无分别，絮絮叨叨，罗里罗唆，谁还去听话剧呢？

我没有写诗剧的打算。可是，我总想话剧中的对话应有诗的成分。这并不是说应当抛弃了现成的语言，而句句都是青山绿水，柳暗花明。不是的。我所谓的诗，是用现成的白话，经过加工，表达出人格之美、生活之美，与革命斗争的壮丽。泛泛的词句一定负不起这个责任。

我所要的语言不是由摹拟得来的。我们应当自树风格。曾见青年剧作者摹仿一位四川的老作家的文字，四川人口中的“哪”“啦”

不分，所以这位老作家总是把“天哪”写成“天啦”。那位青年呢，是北方人，而也“天啦”起来。这个例子说明有的人是从书本上学习语言的。不错，书本上的语言的确应当学习，但是自己的文字风格绝对不能由摹仿得来。我要求自己连一个虚字也不随便使用，必须几经揣摩，口中念念有词，才决定是用“呢”，还是用“啦”。尽管这样，我还时常写出拙笨的句子，既不顺口，也不悦耳。我还须多多用功。

只说这三点吧，我的那些缺点即暂不谈，留作另一篇小文的材料。

三月留念 / 史铁生

活着的事，大抵在两个方面：务实与务虚。缺其一，便可算得残疾。譬如一个家，家徒四壁势必难以为继，便是笃爱如牛郎织女者，也是“你耕田来我织布”地需要务实。但“生命诚可贵，爱情价更高”，若爱情没了，万贯家财很可能只是内战的火药捻；爱情，即务虚的一面。

现在的中国，是空前地务实起来了；市场经济正在淘汰着懒汉和清谈家，这真是个好兆头，没有人不盼望她从此富强。但这并不是说，她过去就多么地理解务虚，连年的文打武斗多不过是虚误罢了；爱情呀，人性呀，人道主义呀，都曾一度做过被唾弃的角色，可见务虚的方面也是多么荒芜。

辩论先务实还是先务虚，先谋生计还是先有爱的追寻，先增加财富还是先提高文明水平，似乎都是无聊的逻辑。房子有了而找不到爱情，或新娘来了再去借钱盖屋，都是极不幸的局面。为什么不能舍生忘死地爱着，同时又废寝忘食地建设家园呢？虚实相济才是好文章，才有最新最美的图画。

务实与务虚绝不相互抵触。劳累了一天，人们需要娱乐；奔波了一生，人们向它要求意义；作为五十亿分之一，每个人都有孤独和困苦，都希望这个世界上充满善意和爱情。在参天的大厦下和飞奔的轿车里，这些东西会不期而至吗？好像不会；名和利都可能会这样，唯善意和爱情是不能不由期盼来催生的。

在“俗人”成为雅号的时刻，倒是值得冒被挖苦的风险，做一回“雅士”的勾当。沉静地坐一会儿，到大厦之外的荒地上走一趟，凭心神去追回被冷淡了的梦想，风吹雨洒，会看见天堂尚远，而梦想未变。于是，虽得不住“俗人”的雅号，反惹一身“雅士”的俗气，心里也不计较了，觉着往前走去似乎有了底气。

多年的虚误，让理想背了黑锅。但理想的性质注定它不会吊死在一棵树上，注定它要发展和不可泯灭。说不要理想，那是可以理解的，因为不要理想正也是一种对理想的寻求，但凡活着总是要往前走的，不可抹杀的时空保障了这一点；说不要理想，其实只是在发展着理想和丰富着前途。但说不要理想，毕竟是说错了。原本想说的很可能是：不要再清谈，不要再虚误吧。《三月风》到了百期，可喜可贺。“三月风”是一派好风，是虚实相济、催化务实的劳作也催化务虚的梦想的风。三月风后，好天气就来了。

一九九三年一月十二日

“无奈” / 夏丏尊

在现制度之下，教师生活真不是一件有趣味的事。同业某友近撰了一副联句，叫做：

命苦不如趁早死，家贫无奈作先生

愤激滑稽，令人同感。我所特别感得兴味的是“无奈”二字，“无奈”是除此以外无别法的意思，这可有客观的主观的两样说法。造物要使我们死，我们无法逃避死神的降临，这是主观的“无奈”。惯吃黄酒的人遇到没有黄酒的时候只好用白酒解瘾，这是客观的“无奈”。本来就喜欢吃白酒的人，非白酒不吃，只能吃白酒，这是主观的“无奈”。

基督的上十字架出于“无奈”，释迦的弃国出家也出于“无奈”，耐丁格尔“无奈”去亲往战场救护伤兵，列宁“无奈”而主张革命。啊！“无奈”——“主观的无奈”的伟大啊！

“家贫”是“无奈”，“做先生”是“无奈”，都不足悲哀，所苦的只是这“无奈”的性质是客观的而不是主观的。我们的烦闷不自由在此，我们的藐小无价值也在此。

横竖“无奈”了，与其畏缩烦闷地过日，何妨堂堂正正地奋斗。用了“死罪犯人打仗”的态度，在绝望之中杀出一条希望的血路来！“烦恼即菩提”，把“无奈”从客观的改为主观的。所差只是心机一转而已。这是我近来的感怀，质之某友以为何如？

刊《春晖》第三十六期

（一九二四年十一月十六日）

知命与努力 / 梁启超

今天所讲的题目是“知命与努力”。知命同努力这两件事，骤看似乎不易合并在一起，《列子·力命》篇中曾经说明力与命不能相容，我从前作的诗也有“百年力与命相持”之句，都是把知命同努力分开，而且以为两者不能并存。可是，究竟是不是这样呢？现在便要研究这个问题。胡适之先生在欧洲演说中国文化，狠攻击知命之说，以为知命是一种懒惰哲学，这种主张，能养成懒惰根性。这话若不错，那么，我们这个懒惰人族，将来除了自然淘汰之一途外，真没有别条路可走了。但究竟是不是这样呢？现在还当讨论。

在《论语》里面有一句话：“不知命无以为君子。”意思是说：凡人非有知命的功夫不能作君子。君子二字在儒家的意义常是代表高尚人格的。可以知道儒家的意见，是以知命为养成高尚人格的重要条件。其他“五十而知命”等类的话很多，知命一事在儒家可谓重视极了。再来反观儒家以外的各家的态度怎样呢？墨家树起反对之帜，矫正儒家，所攻击的，大半是儒家所重视的。所以墨家自然不相信命，《墨子·非命》篇中便极端否认知命，在现在讲，可算“打倒知命”了。列子的意见，更可从《力命》篇中看出，他假设两人对话，一名力，一名命，争论结果，偏重于命。列子是代表道家的，可见道家的主张，是根本将命抬到最高的地位，而将力压服在下面，和墨家重力黜命的宗旨恰恰相反。可是儒家就不然，一面讲命，一面亦讲力，知命和努力，是同在一样的重要的地位，即以“不知命无以为君子”一句论，为君子便是努力，但却以知命为必要条件，可知在儒家的眼光中两者毫无轩轾了。

命字到底怎么解呢？《论语》中的话很简单，未曾把定义揭出来。我们只好在儒家后辈的书籍中寻解说，《孟子》《荀子》《礼记》，这三种都是后来儒家的重要的书。《孟子》说：“莫之致而者命也。”意谓并不靠我们力量去促成，而它自己当然来的，便是命。《荀子》说：“节遇谓之命。”节是时节，意谓在某一时节偶然遇着的，便是命。《礼记》说：“分于道之谓命。”这一条戴东原解释得最详，他以为道是全体的统一的，在那全体里面，分一部分出来，部分对于全体，自然要受其支配，那叫作“分限”，便是命。综合这几条，简单地说，就是：我们的行为，受了一种不可抵抗的力量的支配，偶然间遇着一个机会，或者被限制着只许在一定范围内自由活动，这便是命。命的观念，大概如此。

分限——命——的观念既明，究竟有多少种类，经过详密的分析，大约有下列四种：（一）自然界给予的分限：这类分限，极为明显易知，如现在天暖，须服薄衣，转眼秋冬来了，又要需用厚衣，这便是一种自然界的分限。用外国语解释，便是自然界对于人类行为，给的一个 order，只能在范围内活动，想超过是不能的。人类常常自夸，人力万能征服了自然界，但是到底征服了多少，还是个问题，譬如前时旧金山和日本的地震，人类几十年努力经营的结果，只消自然界几秒钟的破坏，便消灭无余。人类到底征服了自然界多少呢？近几天，天文家又传说彗星将与地球接近，星尾若扫到地面，便要发生危险。此事固未实现，然假设彗星尾与地面接触了，那变化又何堪设想，彼时人类征服自然界的力量又如何呢？这样便证明自然界的力量，委实比我们人类大得多，人类不得不在它给予的分限中讨生活的。（二）社会给予的分限：凡是一个社会，必有它的时间的遗传和空间的环境，这两样都能给予人们以重要的分限。无论如何强有力的人，在一个历时很久的社会中，总不能使那若干年遗传的结果消灭，并且自身反要受它的影响。即如我中华民国，挂上民治招牌已十六年了，实际上种种举动，所以名实不符者，实在是完全受了数千年历史惰力所支配，不能自拔。社会如此，个人亦如此，一人如此，众人亦如此，不独为世所诟病的军阀官僚，难免此惰力之支配，乃至现代蓬勃之青年，是否果能推翻惰力，不受其支配，仔细思之，当然不敢自信。吾人一举一动，一言一行，所不为惰力所干涉者，实不多见的。至于空间方面，亦复如是，现在中国经济状况，日趋贫乏，几乎有全国国民皆有无食之苦的景况，若想用人的力量去改这种不幸的情形，不是这一端改好，那一端又发生毛病；便是那一端改好，这一端又现出流弊。环境的势力，好似一条长链，互相牵掣，吾人的生活，便是在这全国环境互相牵掣的势力支配的底下决定，人为的改造，是不能实现的。小而言之，一个团体，也是这样，凡一个学校，它有学风，某一个在这学校里念书的学生，当然受学风的影响和支配，想跳出学风以外，是不容易的。而这个学校的学风，又不是单独成立的，又与其他学校，发生连带关系，譬如在北京某一学校，它的学风，不能不受全北京学校的学风的影响和支配，而不能脱离，就是这样。全北京的学风，影响到某一校；一校的学风，又影响到某一人，关系是如此其密切而复杂，所以社会在空间上给予人们的分限，是不可避免的，而不易改造的。（三）个人固有的分限：在个人自身的性质、能力、身体、人格、经济诸方面，常有许多不由自主的状态，这便是个人固有的分限。这些分限，有的是先天带来的，有的是受了社会的影响自然形成的，然而其为分限则一。譬如有些人身体好，有些人身体坏，身体好的人每天做十多点钟的功课，不觉疲倦，身体弱的人每天只用功几点钟，便非常困乏，再不停止，甚至患病，像这种差别，是没有法子去平均和补救的。讲其原因，自然是归咎于父母的身体不强壮，才遗传这般的体质。这不独个人为然，即以民族而言，华人同欧美比较，相去实在很远，这都是以前的祖先遗留的结果，不是一时的现象。然而既经堕落到如此地步，再想齐驱并驾，实无方法可施。既曰实行卫生，或可稍图改善，然一样的运动，一样的营养，而强者自强，弱者自弱，想立刻平等，是不可能的。才能经济诸端，尤其易见，有聪明有天才的人，一目十行，倚马万言，资质愚笨的人，自然赶他不上；有遗产的子弟，可以安富尊荣，卒业游学，家境困苦的人，自然千辛万苦，往往学业不完。这种分限，凡为人类，怎能逃脱。身体才能，固然不能变易，即如物质方面之经济力，似乎可以转换，然而要将一个穷学生于顷刻中化为富豪，亦是不能实现的事。物质的限制尚且如此之难去，何论其他，个人分限，诚不可轻视的了。（四）对手方给予的分限：凡人固然自己要活动，然而同时别人也要活动，彼此原都是一样的。加之人的活动方面，对自然常少，而对于他人的常多，所以人们活动是最易和他人发生关系的，既然如此，人们活动的时候，那对手方对于自己的活动也很有影响，这影响就是分限了。人们对他人发生活动，他人为应付起见，发生相当的活动来对抗，于是自己起了所谓反应。反应也有顺的，也有逆的，遇见顺的，尚不要紧，遇见逆的，则自己的活动将受其限制，而不能为所欲为，于是便构成了对手方的分限。这可以拿施教育者与受教育者做个比方，施者虽极力求其领会，然受者仍有活动的余地，若起了逆的反应，这个教育的方法，便要失败的。此犹言团体行为也，个人对个人的也是如此，朋友、夫妇间的关系，何莫不然，无论如何任性的人，他的行为总难免受其妻之若干分限，妻子之面亦同。人生最亲爱者，莫如夫妇，而对手方犹不能不有分限，遑论其他。犹之下棋，我走一着，人亦走一着，设禁止人之移棋，任我独下，自属全胜，无如事实不许，禁止他人，既难做到，而人之一着，常常与我以危险，制我之死命，于是不得不放弃预定计划，与之极力周旋，以求最后之胜利。此即对手分限之说，乃人人相互间，双方行为接触所起之反应了。

此四种分限——再加分析，容或更有——既经明了，只受一种之限制时，已是发生困难，使数十年之工作，一旦毁坏，然人生厄运，不止如是，实际上，吾人日常生活，几无不备受四种分限之包围和压迫。因此，假使有一不知命的人，不承认分限，甚至不知分限，或不注意分限，以为无论何事，我要如何便如何，可以达到目的。此种人勇气虽然很大，动辄行其开步走的主义，一往直前，可是，设使前边有一堵墙，拦住去路，人告诉他前面有墙，墙是走不过去的，而他悍然不顾，以为没有墙，我不信墙的限制，仍然前行。有时前面本是无墙，侥幸得以穿过，然已是可一不可再的成功，今既有墙，若是墙能任意穿行，自然很好，但墙实在是不能通过的东西，于是结果，他碰了墙，碰得头破脑裂，不得不回来，回来改变方向，仍是照这样碰墙，碰了几回之后，一经躺下，比任何软弱人还软弱，再无复起的希望。因他努力自信，总想超过他的希望，不想结果失望，自然一蹶不振。这种人的勇气，不能永久保持，一遇阻碍，必生厌倦，所以不知命——不信分限，专恃莽气的人是很难成功的。

儒家知命的话，在《论语》中有很重要的一句，便是批评孔子的：“知其不可为而为之”那一句。可见知其可为而为之——不知或不信分限，不是勇气；必要知其不可为而为之，才算勇气。明知山上有金矿动手去掘的人，那不算有勇；要明知不可为，而知道应该去做的人，才算伟大。这句话很可以表现孔子的全部人格，也可以作为知命与努力的注脚，“知其不可为”便是知命，“而为之”便是努力，孔子的伟大和勇气，在此可以完全看出了。我们的科学家，或是梦想他的能力可以征服自然界，能够制止地震，固不算真科学家；或是因为知遇地震无法防止，便不讲预防之法，听其自然，也非真科学家。我们的真科学家，必具有下列的精神，便是明知地震是无法控制的，也不作谬妄的大言，但也不流于消极，仍然尽心竭力去研究预防的方法，能够预防多少，便是多少，不因不能控制而自馁，也不因稍一预防而自夸，这种科学家才是真科学家，如我们所需要的。他们的预料，本来只在某一限度，限度之上就应当无效或失败，但他们知道应该做这种工作，仍是勤勉地去做着，尝试复尝试，不妨其多，结果如是失败，原不出其所料，万无失望的打击，幸而一二分的成功，于是他们便喜出望外了。知命之道，如此而已。

这种一二分的成功，为何可喜呢？因为世界的成功，都是比较的，无止境的。中国爱国的人，都想把国家弄得像欧美日本一样富强，好似欧美日本便是国家的极轨一样。谁知欧美日本，也不见得便算成功，国中正有无穷的纷扰哩！犹如列子所语的愚公移山，他虽不能一手把很高的山移完，可是他的子孙能够继续着去工作，他及身虽只能见到移去一尺二尺，也是够愉快，比起来未见分毫的移动，强得多了。成功犹如万万里的长道，一人的生命能力，可不能走完，然而走到中途，也胜于终身不走的哩！所以知命者，明知成功之不可必，了解分限之不可逃，在分限圈制前提之下去努力，才是真能努力的人啊！

我们为何需要真正的努力，因为只有真正的努力，才可不厌不倦。人何以有厌倦，多因不知分限，希望过大，动遭失败，所以如此。知命的人，便无此弊。孔门学问如“学而不厌，诲人不倦”“为之不厌，诲人不倦”“居之无倦”“请益又曰无倦”“自强不息”“不怨天不尤人”诸端。所谓不厌，不倦，不息，不怨，不尤，都是不以前途阻碍而退馁，是消极的知命。如“学而时习之不亦说乎，有朋自远方来不亦乐乎”，都是以稍有成功而自娱，是积极的努力。所以我们不只要排除尊己黜人的妄诞，也宜蠲去美人恨己的忧伤，因这两者都于事实是无益的。我人徒见美国工人生活舒适，比中国资产阶级甚或过之，于是自怨自艾，于己之地位运动宁复有济。犹之豫湘人民，因罹兵灾，遽羡妒他省人民，又岂于事实有补。总之，生此环境，丁此时期，唯有勤勉乃身，委曲求全，其他夸诞怨艾之念，均不可存的。

孔子的“发愤忘食，乐以忘忧”功夫，实在是知命和努力的一个大榜样。儒家弟子，受其感化的，代不乏人，如汉之诸葛亮，固知辅蜀讨曹之无功，然而仍以“鞠躬尽瘁死而后已”为职志者，深明“汉贼不两立，皇室不偏安”之义，晓得应该如此做去，故不得不做，此由知命而进于努力者也。又如近代之胡林翼、曾国藩，固曾勋业彪炳，而读其遗书，则立言无不以安命为本，因二公饱经事故，阅历有得，故谆谆以安命为言，此由努力而进于知命者也。凡人能具此二者，则做事时较有把握，较能持久。其知命也，非为懒惰而知命，实因镇定而知命；其努力也，非为侥幸而努力，实为牺牲而努力。既为牺牲而努力，做事自然勇气百倍，既无厌倦，又有快乐了。所以我们要学孔子的发愤忘食，便是学他的努力；要学孔子的乐以忘忧，便是学他的知命。知命和努力，原来是不可分离的，互相为用的，再没有不相容的疑惑了。知命与努力，这便是儒家的一大特色，也是中国民族的一大特色，向来伟大人物，无不如此。诸君持身涉世，如能领悟此一语的意义，做到此一层功夫，可以终身受用不尽！

（一九二七年五月二十二日在华北大学讲演，王劭年、张泽雄笔述，

原刊一九二七年五月二十九日《国闻周报》第四卷第二十期）

怀友 / 老舍

虽然家在北平，可是已有十六七年没在北平住过一季以上了。因此，对于北平的文艺界朋友就多不相识。

不喜上海，当然不常去，去了也马上就走开，所以对上海的文艺工作者认识的也很少。

有三次聚会是终生忘不掉的：一次是在北平，杨今甫与沈从文两先生请吃饭，客有两桌，酒是满坛；多么快活的日子啊！今甫先生拳高量雅，喊起来大有威风。从文先生的拳也不弱，杀得我只有招架之功，并无还手之力。那快乐的日子，我被写家们困在酒阵里！最勇敢的是叶公超先生，声高手快，连连挑战。朱光潜先生拳如其文，结结实实，一字不苟。朱自清先生不慌不忙，和蔼可爱。林徽音女士不动酒，可是很会讲话。几位不吃酒的，谈古道今，亦不寂寞，有罗膺中先生，黎锦明先生，罗莘田先生，魏建功先生……其中，莘田是我自幼的同学，我俩曾对揪小辫打架，也一同逃学去听《施公案》。他的酒量不大，那天也陪了我几杯，多么快乐的日子！这次遇到的朋友，现在大多数是在昆明，每个人都跑了几千里路。他们都最爱北平，而含泪逃出北平；什么京派不京派，他们的气节不比别人低一点呀！那次还有周作人先生，头一回见面，他现在可是还在北平，多么伤心的事！

第二次是在上海，林语堂与邵洵美先生请客，我会到沈有乾、简又文诸先生。第三次是郑振铎先生请吃饭，我遇到茅盾、巴金、黎烈文、徐调孚、叶圣陶诸位先生。这些位写家们，在抗战中，我只会到了三位：简又文、圣陶与茅盾。在上海的，连信也不便多写，在别处的，又去来无定，无从通信。不过，可以放心的，他们都没有逃避，都没有偷闲，由友人们的报告，知道他们都勤苦的操作，比战前更努力。那可纪念的酒宴，等咱们打退了敌人是要再来一次呀！今日，我们不教酒杯碰着手，胜利是须“争”取来的啊！我们须紧握着我们的武器！

在山东住了整七年。在济南，认识了马彦祥与顾绶昌先生。在青岛，和洪深、孟超、王余杞、臧克家、杜宇、刘西蒙、王统照诸先生常在一处，而且还合编过一个暑期的小刊物。洪深先生在春天就离开青岛，孟超与杜宇先生是和我前后脚在七七以后走开的。多么可爱的统照啊，每次他由上海回家——家就在青岛——必和我喝几杯苦露酒。苦露，难道这酒名的不祥遂使我们有这长别离么？不，不是！那每到夏天必来示威的日本舰队——七十几艘，黑乎乎的把前海完全遮住，看不见了那青青的星岛——才是不祥之物呀！日本军阀不被打倒，我们的命都难全，还说什么朋友与苦露酒呢？

朋友们，我常常想念你们！在想念你们的时候，我就也想告诉你们：我在武汉，在重庆，又认识了许多许多文艺界的朋友，都贫苦，可是都快活，因为他们都团结起来，组织了文艺协会，携着手在一处工作。我也得说，他们都时时关切着你们，不但不因为山水相隔而彼此冷淡，反倒是因为隔离而更亲密。到胜利那一天啊，我们必会开一次庆祝大会，山南海北的都来赴会，用酒洗一洗我们的笔，把泪都滴在手背上，当我们握手的时候。那才是我们最快乐的日子啊！胜利不是梦想，快乐来自艰苦，让我们今日受尽了苦处，卖尽了力气，去取得胜利与快乐吧！

原载一九三九年四月《抗战文艺》第四卷第一期

第五章

从容闲坐看生活，天地自宽

干的湿的有什么吃什么，
主妇的身心既健康而素朴，
接受生活应付生活俱见出无比的勇气和耐心，
过下去似乎再困难，
即过三五年也担当得住并不如何灰心。
一般人要生活，从普通比较见优劣，
或多有件新衣和双鞋子，
照例即可感到幸福。

无事此静坐 / 汪曾祺

我的外祖父治家整饬，他家的房屋都收拾得很清爽，窗明几净。他有几间空房，檐外有几棵梧桐，室内有木榻、漆桌、藤椅，这是他待客的地方，但是他的客人很少，难得有人来。这几间房子是朝北的，夏天很凉快。南墙挂着一条横幅，写着五个正楷大字：

无事此静坐

我很欣赏这五个字的意思。稍大后，知道这是苏东坡的诗，下面的一句是：

一日当两日

事实上，外祖父也很少到这里来。倒是我常常拿了一本闲书，悄悄走进去，坐下来一看半天。看起来，我小小年纪，就已经有一点儿隐逸之气了。

静，是一种气质，也是一种修养。诸葛亮云：“非淡泊无以明志，非宁静无以致远。”心浮气躁，是成不了大气候的。静是要经过锻炼的，古人叫作“习静”。唐人诗云：“山中习静朝观槿，松下清斋折露葵。”“习静”可能是道家的一种功夫，习于安静确实是生活于扰攘的尘世中人所不易做到的。静，不是一味地孤寂，不闻世事。我很欣赏宋儒的诗：“万物静观皆自得，四时佳兴与人同。”惟静，才能观照万物，对于人间生活充满盎然的兴致。静是顺乎自然，也是合乎人道的。

世界是喧闹的。我们现在无法逃到深山里去，唯一的办法是闹中取静。毛主席年轻时曾采用了几种锻炼自己的方法，一种是“闹市读书”。把自己的注意力高度集中起来，不受外界干扰，我想这是可以做到的。

这是一种习惯，也是环境造成的。我下放张家口沙岭子农业科学研究所劳动时，和三十几个农业工人同住一屋。他们吵吵闹闹，打着马锣唱山西梆子，我能做到心如止水，照样看书、写文章。我有两篇小说，就是在震耳的马锣声中写成的。这种功夫，多年不用，已经退步了。我现在写东西总还是希望有个比较安静的环境，但也不必一定要到海边或山边的别墅中才能构想。

大概有十多年了，我养成了静坐的习惯。我家有一对旧沙发，有几十年了。我每天早上泡一杯茶，坐在沙发里，坐一个多小时。虽是犹然独坐，然而浮想联翩。一些故人往事、一些声音、一些颜色、一些语言、一些细节，会逐渐在我的眼前清晰起来、生动起来。这样连续坐几个早晨，想得成熟了，就能落笔写出一点东西。我的一些小说散文，常得之于清晨静坐之中。曾见齐白石一幅小画，画的是淡蓝色的野藤花，有很多小蜜蜂，有颇长的题记，说这是他家的野藤，花时游蜂无数，他有个孙子曾被蜂螫，现在这个孙子也能画这种藤花了，最后两句我一直记得很清楚："静思往事，如在目底。"这段题记是用金冬心体写的，字画皆极娟好。"静思往事，如在目底"，我觉得这是最好的创作心理状态。就是下笔的时候，也最好心里很平静，如白石老人题画所说："心闲气静一挥。"

我是个比较恬淡平和的人，但有时也不免浮躁，最近就有点儿如我家乡话所说"心里长草"。我希望政通人和，使大家能安安静静坐下来，想一点儿事，读一点儿书，写一点儿文章。

一九八九年八月十六日

载一九八九年十月十八日《消费时报》

长闲 / 夏丏尊

他午睡醒来，见才拿在手中的一本《陶集》，皱折了倒在枕畔。午饭时还阴沉的天，忽快晴了，窗外柳丝摇曳，也和方才转过了方向。新鲜的阳光把隔湖诸山的皱折照得非常清澈，望去好像移近了一些。新绿杂在旧绿中，带着些黄味，他无识地微吟着“此中有深意，欲辨已忘言”，揉着倦饧饧的眼，走到吃饭间。见桌上并列地丢着两个书包，知道两个女儿已从小学散学回来了。屋内寂静无声，妻的针线笾里，松松地闲放着快做成的小孩罩衣，针子带了线斜定在纽结上。壁上时钟正指着四点三十分。

他似乎一时想走入书斋去，终于不自禁地踱出廊下。见老女仆正在檐前揩抹预备腌菜的瓶坛，似才从河埠洗涤了来的。

“先生起来了，要脸水吗？”

“不要。”他躺下摆在檐头的藤椅去，燃起了卷烟。

“今天就这样过去吧，且等到晚上再说了。”他在心里这样自语。躺了吸着烟，看看墙外的山，门前的水，又看看墙内外的花木，悠然了一会。忽然立起身来，从檐柱上取下挂在那里的小锯子，携了一条板凳，急急地跑出墙门外去。

“又要去锯树了。先生回来了以后，日日只是弄这些树木。”他听到女仆在背后这样带笑说。

方出大门，见妻和两个女孩都在屋前园圃里：妻在摘桑，两个女孩在旁“这片大，这片大”地指着。

“阿吉，阿满，你们看，爸爸又要锯树了。”妻笑着说。

“这丫杈太大了，再锯去它。小孩别过来！”他踏上凳子，把锯子搁到方才看了不中意的那柳枝上。

小孩手臂样粗的树枝“拍”地一落下，不但本树的姿态为之一变，前后左右各树的气象及周围的气氛，在他看来也都一新。携了板凳回入庭心，把头这里那里地侧着看了玩味一会，觉得今天最得意的事就是这件了，于是仍去躺在檐头的藤椅上。

妻携了篮进来。

“爸爸，豌豆好吃了。”阿满跟在后面叫着说，手里捻着许多小柳枝。

“哪，这样大了。”妻揭起篮面的桑叶，篮底平平地叠着扁阔深绿的豆荚。

“啊，这样快！快去煮起来，停会好下酒。”他点着头。

黄昏近了，他独自缓饮着酒，桌上摆着一大篮的豌豆，阿吉阿满也伏在桌上抢着吃。妻从房中取出蚕笾来，把剪好的桑片铺撒在灰色蠕动的蚕上，两个女孩几乎要把头放入笾里去，妻擎起笾来逼近窗口去看，一手抑住她们的攀扯。

“就可三眠了。”妻说着，把蚕笾仍拿入房中去。他一壁吃着豌豆，一壁望着蚕笾，在微醺中又猛触到景物变迁的迅速，和自己生活的颓唐来。

“唉！”不觉泄出叹声。

“什么了？”妻愕然地从房中出来问。

“没有什么。”

室中已渐昏黑，妻点起了灯，女仆搬出饭来。油炸笋，拌莴苣，炒鸡蛋，都是他近来所自名为山家清供而妻所经意烹调的。他眼看着窗外的暝色，一杯一杯地只管继续饮。等妻女都饭毕了，才放下酒杯，胡乱地吃了小半碗饭，含了牙签，踱出门外去，在湖边小立，等暗到什么都不见了，才回入门来。

吃饭间中灯光亮亮的，妻在继续缝衣服，女仆坐在对面用破布叠鞋底，一壁和妻谈着什么。阿吉在桌上布片的空隙处摊了《小朋友》看着，阿满把她半个小身子伏在桌上，指着书中的猫或狗强要母亲看。一灯之下，情趣融然。

他坐在壁隅的藤椅子上，燃起卷烟，只沉默了对着这融然的光景。昨日在屋后山上采来的红杜鹃，已在壁间花插上怒放，屋外时而送入低而疏的蛙声，一切都使他感觉到春的烂熟。他觉得自己的全身心已沉浸在这气氛中，陶醉得无法自拔了。

“为什么总是这样懒懒的！”他不觉这样自语。

“今夜还做文章吗？春天是熬不得夜的。为什么日里不做些！日里不是睡觉，就是荡来荡去，换字画，换花盆，弄得忙煞。夜里每夜弄到一二点钟。”妻举起头来停了针线说。

“夜里静些罗。”

“要做也不在乎静不静。白马湖真是最静也没有了，从前在杭州，比这里不知要嘈杂得多少，不是也要做吗？无论什么生活，要坐牢了才做得出。我这几天为了几条蚕，采叶呀，什么呀，人坐不牢，别的生活就做不出，阿满这件衣服，本来早就该做好了的，你看，到今天还未完工呢。”

妻的话，这时在他，真比什么“心能转境”等类的宗门警语还要痛切。觉得无可反对，只好逃避说：

“日里不做夜里做，不是一样的吗？”

“昨夜做了多少呢？我半夜醒来还听见你在天井里踱来踱去，口里念念着什么‘明日自有明日’哩。”

“不是吗？我也听见的。”女仆羼入。

“昨夜月色实在太好了，在书房里坐不牢。等到后半夜上云了，人也倦了，一点都不曾做啊。”他不禁苦笑了。

“你看！那岂不是与灯油有仇？前个月才买来一箱火油，又快完了。去年你在教书的时候，一箱可点三个多月呢。——赵妈，不是吗？”妻说时向着女仆，似乎要叫她作证明。

“火油用完了，横竖先生会买回来的。怕什么？嘎，满姑娘！”女仆拍着阿满笑说。

“洋油也是爸爸买来的，米也是爸爸买来的，阿吉的《小朋友》也是爸爸买来的，屋里的东西，都是爸爸买来的。”阿满把快要睡去的眼张开了说。

女仆的笑谈，阿满的天真烂漫的稚气，引起了他生活上的忧虑。妻不知为了什么，也默然了，只是俯了头动着针子。一时沉默支配着一室。

三个月来的经过，很迅速地在他心上舒展开了：三个月前，他弃了多年厌倦的教师生涯，决心凭了仅仅够支持半年的储蓄，回到白马湖家里来，把一向当作副业的笔墨工作改为正业，从文字上去开拓自己的新天地。“每月创作若干字，翻译若干字，余下来的工夫便去玩山看水。”当时的计划，不但自己得意，朋友都艳羡，妻也赞成。三个月来，书斋是打垒得很停当了，房子是装饰得很妥帖了，有可爱的盆栽，有安适的几案，日日想执笔，刻刻想执笔，终于无所成就。虽着手过若干短篇，自己也不满足，都是半途辍笔，或愤愤地撕碎了投入纸篓里。所有的时间都消磨在风景的留恋上。在他，朝日果然好看，夕阳也好看，新月是妩媚，满月是清澈，风来不禁倾耳到屋后的松籁，雨霁不禁放眼到墙外的山光，一切的一切，都把他牢牢地捉住了。

想享受自然的乐趣，结果做了自然的奴隶，想做湖上诗人，结果做了湖上懒人。这也是他所当初万不料及，而近来深深地感到的苦闷。

“难道就这样过去吗？”他近来常常这样自讼，无论在小饮时，散步时，看山时。

壁间时钟打九时。

“咿呀！已九点钟了。时候过得真快！”妻拍醒伏在膝前睡熟的阿满，把工作收拾了，吩咐女仆和阿吉去睡。

他懒懒地从藤椅子上立起身来，走向书斋去。

“不做么，早睡罗！”妻从背后叮嘱。

“呃。”他回答，“今夜是一定要做些的了，难道就这样过去吗？从今夜起。”又暗自下了决心。

立时，他觉得全身就紧凑了起来，把自己从方才懒洋洋的气氛中拉出了，感到一种胜利的愉快。进了书斋门，急急地摸着火柴把洋灯点起，从抽屉里取出一篇近来每日想做而终于未完工的短篇稿来，吸着烟，执着自来水笔，沉思了一会，才添写了几行，就觉得笔滞，不禁放下笔来举目凝视到对面壁间的一幅画上去。那是朽道人十年前为他作的山水小景，画着一间小屋，屋前有梧桐几株，一个古装人儿在树下背负了手看月。题句是：“明日事自有明日，且莫负此梧桐月色也。”他平日很爱这画，一星期前，他因看月引起了情趣，才将这画寻出，把别的画换了，挂在这里的。他见了这画，自己就觉得离尘脱俗，做了画中人了。昨夜妻睡梦中听他念的，就是这画上的题句。

他吸着烟，向画幅悠然了一会，几乎又要踱出书斋去。因了方才的决心，总算勉强把这诱惑抑住。同时，猛忆到某友人“清风明月不用一钱买，但是也不能抵一钱用”的话，不觉对这素来心爱的画幅感到一种不快。

他立起身把这画幅除去。一时壁间空洞洞的，一室之内，顿失了布置上的均衡。

“东西是非挂些不可的，最好是挂些可以刺激我的东西。”

他这样自语，就自己所藏的书画中想来想去，忽然想到他的畏友弘一和尚的“勇猛精进”四字小额来。

“好，这个好！挂在这里，大小也相配。”

他携了灯从画箱里费了许多工夫把这小额寻出，恐怕家里人惊醒，轻轻地钉在壁上。

“勇猛精进！”他坐下椅子去默念着看了一会，复取了一张空白稿子，大书“勤靡余劳，心有常闲”八字，把图画钉在横幅之下。这是他在午睡前在《陶集》中看到的句子。

“是的，要勤靡余劳，才能心有常闲。我现在是身安逸而心忙乱啊！”他大彻大悟似的默想。

一切安顿完毕，提起笔来正想重把稿子续下，未曾写到一张，就听到外面时钟“丁”地敲一点。他不觉放下了笔，提起了两臂，张大了口，对着“勇猛精进”的小额和“勤靡余劳，心有常闲”八个字，打起呵欠来。

携了灯回到卧室去。才出书斋，见半庭都是淡黄的月色，花木的影映在墙上，轮廓分明地微微摇动着。他信步跨出庭间，方才画上的题句不觉又上了他的心头：

“明日事自有明日，且莫负此梧桐月色也！”

刊《一般》第一卷第一号

（一九二六年九月）

黑魔 / 沈从文

昆明市空袭威胁，因同盟国飞机数量逐渐增多后，空战由防御转为进攻，城中空袭俨然成为过去一种噩梦，大家已不甚在意。两年前被炸被焚的瓦砾堆上，大多数有壮大美观的建筑矗起。疏散乡下的市民，于是陆续离开了静寂的乡村，从新变作“城里人”。当进城风气影响到我住的滇池边那个小乡村时，家中会诅咒猫儿打喷嚏的张嫂，正受了梁山伯恋爱故事刺激，情绪不大稳定，就借故说：

“太太，大家都搬进城里住去了，我们怎么不搬？城里电灯方便，自来水方便，先生上课方便，小弟读书方便，还有你，太太，要教书更方便！我看你一天来回五龙埠跑十里路，心都疼了。”

主妇不作声，只笑笑。这种建议自然不会成为事实，因为我们实在还无做城里人资格。真正需要方便的是张嫂。

过了两个月，张嫂变更了个谈话方式。

“太太，我想进城去看看我大姑妈，一个全头全尾的好人，心真好！总不说谎，除非万不得已，不赌咒！

“五年不见面，托人带了信来，想得我害病！我陪她去住住，两个月就回来。我舍不得太太和小弟，一定会回来的！你借我一个月薪水，我发誓……小弟真好！”

平时既只对于梁山伯婚事关心，从不提起过这位大姑妈。不过叙述到另外一个女用人进城后，如何嫁了个穿黑洋服的“上海人”，直充满羡慕神气。我们如看什么象征派新诗一样，有了个长长的注解，好坏虽不大懂，内容已全然明白。昆明穿洋服的文明人可真多，我们不好意思不让她试试机会，自然一切同意。于是不多久，张嫂就换上那件灰线呢短袖旗袍，半高跟旧皮鞋，带上那个生锈的洋金手表，扁扁脸上还敷了好些白粉，打扮得香喷喷的，兴奋而快乐，骑马进城看她的抽象姑妈去了。

我依然在乡下不动，若房东好意无变化，即住到战争结束亦未可知。温和阳光与清爽空气，对于孩子们健康既有好处，寄居了将近五年，两个相连接的雕花绘彩大院落，院落中的人事新陈代谢，也使我觉得在乡村中住下来，比城里还有意义。户外看长脚蜘蛛于仙人掌篱笆间往来结网，捕捉蝇蛾，辛苦经营，不惮烦劳，还装饰那个彩色斑驳的身体，吸引异性，可见出简单生命求生的庄严与巧慧。回到住处时，看着几个乡下妇人，在石臼边为唱本新事上的姻缘不偶，从眼眶中浸出诚实热泪，又如何用发誓诅愿方式，解脱自己小小过失，并随时说点谎话，增加他人对于一己信托与尊重，更可悟出人类生命取予形式的多方，我事实上也在学习一切，不过和别人所学的大不相同罢了。

在腹大头小的一群官商合作争夺钞票局面中，物价既越来越高，学校收入照例不敷日用。我还不大考虑到“兼职兼差”问题，主妇也不会和乡下人打交道作“聚草屯粮”计划，为节约计，用人走后大小杂务都自己动手。磨刀扛物是我二十年老本行，作来自然方便容易。烧饭洗衣就归主妇，这类工作通常还与校课衔接。遇挑水拾树叶，即动员全家人丁，九岁大的龙龙，六岁大的虎虎，一律参加。来去传递，竞争奔赴。一面工作一面也就训练孩子，使他们从合作服务中得到劳动愉快和做人尊严。干的湿的有什么吃什么，没有时包谷红薯也当饭吃，有时尽量，有时又听小的饱吃，大人稍稍节制。孩子们欢笑歌呼，于家庭中带来无限生机与活力。主妇的身心既健康而素朴，接受生活应付生活俱见出无比的勇气和耐心，尤其是共同对于生命有个新态度，过下去似乎再困难，即过三五年也担当得住并不如何灰心。一般人要生活，从普通比较见优劣，或多有件新衣和双鞋子，照例即可感到幸福。日子稍微窘迫，或发现有些方面不如人，设法从社交方式弥补，依然还不大济事时，因之许多高尚脑子，到某一时自不免又会悄悄的作些不大高尚的打算；许多人的聪明智巧，倒常常表现成为可笑行为。环境中的种种见闻，恰作成我们另外一种教育，既不重视也并不轻视。正好让我们明白，同样是人生，可相当复杂，具体的猥琐与抽象的庄严，它的分歧虽极明显，实同源于求生，各自想从生活中证实存在意义。生命受物欲控制，或随理想发展，只因取舍有异，结果自不相同。

我凑巧拣了那么一个古怪事业，照近二十年社会习惯称为“作家”。工作对社会国家也若有些微作用，社会国家对本人可并无多大作用。虽早已名为“职业”，然无从靠它“生活”。情形最古怪处，便是这个工作虽不与生活发生关系，却缚住了我的生命，且将终其一生，无从改弦易辙。另一方面又必然迫得我超越通常个人爱憎，充满兴趣鼓足勇气去明白“人”，理解“事”，分析人事中那个常与变，偶然与凑巧，相左或相仇，将种种情形所产生的哀乐得失式样，用它来教育我，折磨我，营养我，方能继续工作。

千载前的高士，常抱着个单纯信念，因天下事不屑为而避世，或弹琴赋诗，或披裘负薪，隐居山林，自得其乐。虽说不以得失荣利攖心，却依然保留一种愿望，即天下有道，由高士转而为朝士的愿望。作当前的候补高士，可完全活在一个不同心情状态中。生活简单而平凡，在家事中尽手足勤劳之力打点小杂，义务尽过后，就带了些纸和书籍，到有和风与阳光的草地上，来温习温习人事，并思索思索人生。先从天光云影草木荣枯中，有所会心。随即由大好河山的丰腴与美好，和人事上无章次处两相对照，慢慢的从这个不剪裁的人生中，发现了“堕落”二字真正的意义。又慢慢的从一切书本上，看出那个堕落因子。又慢慢的从各阶层间，看出那个堕落传染浸润现象；尤其是读书人倦于思索，怯于疑惑，苟安于现状的种种，加上一点为贤内助谋出路的打算，如何即对武力和权势形成一种阿谀不自重风气。这种失去自己可能为民族带来一种什么形式的奴役，仿佛十分清楚。我于是渐渐失去原来与自然对面时应得的谧静。我想呼喊，可不知向谁呼喊。

“这不成！这不成！人虽是个动物，希望活得幸福，但是人究竟和别的动物不同，还需要活得尊贵！如果当前少数人的幸福，原来完全奠基于一种不义的习惯，这个习惯的继续，不仅使多数人活得卑屈而痛苦，死得糊涂而悲惨，还有更可怕的，是这个现实将使下一代堕落的更加堕落，困难越发困难，我们怎么办？如果真正的多数幸福，实决定于一个民族劳动与知识的结合，从极合理方式中将它的成果重作分配，在这个情形下，民族中一切优秀分子，方可得到更多自由发展的机会。在争取这种幸福过程时，我们实希望人先要活得尊贵些！我们当前便需要一种‘清洁运动’，必将现在政治的特殊包庇性，和现代文化的驵侩气，以及三五无出息的知识分子所提倡的变相鬼神迷信，于年青生命中所形成的势利，依赖，狡猾，自私诸倾向，完全洗刷干净，恢复了二十岁左右头脑应有的纯正与清朗，认识出这个世界，并在人类驾驭钢铁征服自然才智竞争中，接受这个民族一种新的命运。我们得一切从新起始：从新想，从新作，从新爱和恨，从新信仰和疑惑。……”

我似乎为自己所提出的荒谬问题愣住了。试左右回顾，身边只有一片明朗阳光，漂浮于泛白枯草上。更远一点，在阳光下各种层次的绿色，正若向我包围，越来越近。虽然一切生命无不取给于绿色，这里却不见一个人。一个有勇气将社会人生如一副牌摊散在面前，一一从新捡起试来排列一下的人。

到我从新来检讨影响到这个民族正当发展的一切抽象原则以及目前还在运用它作工具的思想家或统治者被它所囚缚的知识分子和普通群众时，顷刻间便俨若陷溺到一个无边无际的海洋里，把方向完全迷失了。只到处看出用各式各样材料作成装载“理想”的船舶，数千年来永远于同一方式中，被一种卑鄙自私形成的力量所摧毁，剩下些破帆碎桨在海面漂浮。到处见出同样取生命于阳光，繁殖大海洋中的简单绿色荇藻，正唯其异常单纯，随浪起伏动荡，适应现实，便得到生命悦乐。还有那个寄生息于荇藻中的小鱼小虾，亦无不成群结伴，悠然自得，各适其性。海洋较深处，便有一群群种类不同的鲨鱼，皮韧而滑，能顺波浪，狡狠敏捷，锐齿如锯，于同类异类中有所争逐，十分猛烈。还有一只只黑色鲸鱼，张大嘴时万千细小蚧蛤和乌贼海星，即随同巨口张阖作成的潮流，消失于那个深渊无底洞口，庞大如山的鱼身，转折之际本来已极感困难，躯体各部门，尚可看见万千有吸盘的大小鱼类，用它吸盘紧紧贴住，随同升沉于洪波巨浪中。这一切生物在海面所产生的漩涡与波涛，加上世界上另外一隅寒流温暖所作成变化，卷没了我的小小身子，复把我从白浪顶上抛起。试伸手有所攀援时，方明白那些破碎板片，正如同经典中的抽象原则，已腐朽到全不适用。但见远处彷徘有十来个衣冠人物，正在那里收拾海面残余，扎成一个简陋筏子。仔细看看，原来载的是一群两千年前未坑尽的腐儒，只因为活得寂寞无聊，所以用儒家名分，附会谶纬星象征兆，预备作一个遥远跋涉，去找寻矿产镕铸九鼎。这个筏子向我慢慢漂来，又慢慢远去，终于消失到烟波浩淼中不见了。

试由海面向上望，忽然发现蓝穹中一把细碎星子，闪灼着细碎光明。从冷静星光中，我看出一种永恒，一点力量，一点意志。诗人或哲人为这个启示，反映于纯洁心灵中即成为一切崇高理想。过去诗人受牵引迷惑，对远景凝眸过久，失去条理如何即成为疯狂，得到平衡如何即成为法则：简单法则与多数人心汇合时如何产生宗教，由迷惑、疯狂，到个人平衡过程中，又如何产生艺术。一切真实伟大艺术，都无不可见出这个发展过程和终结目的。然而这目的，说起来，和随地可见蚁蚋集团的嗡嗡营营要求的效果终点，距离未免相去太远了。

微风掠过面前的绿原，似乎有一阵新的波浪从我身边推过。我攀住了一样东西，于是浮起来了。我攀住的是这个民族在忧患中受试验时一切活人素朴的心；年青男女入社会以前对于人生的坦白与热诚，未恋爱以前对于爱情的腼腆与纯粹，还有那个在城市，在乡村，在一切边陬僻壤，埋没无闻卑贱简单工作中，低下头来的正直公民，小学教师或农民，从习惯中受侮辱，受挫折，受牺牲的广泛沉默。沉默中所保有的民族善良品性，如何适宜培养爱和恨的种子！

强烈照眼阳光下，蚕豆小麦作成的新绿，已掩盖远近赭色田亩。面对这个广大的绿原，一端衔接于泛银光的滇池，一端却逐渐消失于蓝与灰融合而成的珠色天际，我仿佛看到一些种子，从我手中撒去，用另外一种方式，在另外一时同样一片蓝天下形成的繁荣。

有个脆弱而充满快乐情感的声音，在高大仙人掌丛后锐声呼唤：

“爸爸，爸爸，快回来，不要走得太远，大家提水去！”我知道，我的心确实走得太远，应当回家了。我似乎也快迷路了。

原来那个六岁大的虎虎，已从学校归来，准备为家事服务了。

孩子们取水的溪沟边，另外一时，每当晚饭前后，必有个善于弹琴唱歌聪明活泼的女子，带了他到那个松柏成行的长堤上去散步，看滇池上空一带如焚如烧的晚云，和镶嵌于明净天空中梳子形淡白新月，共同笑乐。这个亲戚走后，过不久又来了一个生活孤独性情淳厚的朋友，依然每天带了他到那里去散步。脚印践踏脚印，取同一方向来回。朋友为娱乐自己并娱乐孩子，常把绿竹叶折成的小船，装上一点红白野花，一点玛瑙石子，以及一点单纯忧郁隐晦的希望，和孩子对于这个行为的痴愿与祝福，乘流而去。小船去不多远，必为溪中洑流或岸旁下垂树枝作成的洑涡搅翻。在诗人和孩子心中，却同样以为终有一天会直达彼岸。生命愿望凡从星光虹影中取决方向的，正若随同一去不复返的时间，渐去渐远，纵想从星光虹影中寻觅归路，已不可能。在另一方面，朋友走了，有所寻觅的远远走去，可是过不久，孩子们或许又可以和那个远行归来的姨姨，共同到溪边提水了。玩味及这种人事倏忽相差相左无可奈何光景时，不由得人不轻轻的叹一口气。

晚饭时，从主妇口中才知道家中半天内已来过好些客人。甲先生叙述一阵贤明太太们用变相高利贷“投资”的故事，尽了广播义务，就走了。乙太太叙述一阵家庭小纠纷问题，为自己丈夫作了个不美观画像也走了。丙小姐和丁博士又报告……

主妇笑着说：“他们让我知道许多事情，可无一个人知道我们今天卖了一升麦子一家四人才能过年。”

我说：“我们就活到那么一个世界中，也是教育，也是战争！”

“我倒觉得人各有好处，从性情上看来，这些朋友都各有各的好处。……”

“这个话从你口中说出时，很可以增加他们一点自尊心，若果由我笔下写出，可就会以为是讽刺了。许多人平常过日子的方法，一生的打算，以至于从自己口中说出的话语，都若十分自然毫不以为不美不合式，且会觉得在你面前如此表现，还可见出友谊的信托和那点本性上的坦白天真。可是一到由另一人照实写下来，就不可免成为不美观的讽刺画了。我容易得罪人在此。这也就是我这支笔常常避开当前社会，去写传奇故事的原因。一切场面上的庄严，从深处看，将隐饰部分略作对照，必然都成为漫画。我并不乐意作个漫画家！实在说来，对于一切人的行为和动机，我比你更多同情。

我从不想到过用某一种道德标准去度量一般人，因为我明白人太不相同。不幸是它和我的工作关系又太密切，所以间或提及这个差别时，终不免有点痛苦，企图中和这点痛苦，反而因之会使这些可爱灵魂痛苦。我总以为做人和写文章一样，包含不断的修正，可以从学习得到进步。尤其是读书人，从一切好书取法，慢慢的会转好。事实上可不大容易。真如 × 说的‘蝗虫集团从海外飞来，还是蝗虫’。如果是虎豹呢，即或只剩上一牙一爪，也可见出这种山中猛兽的特有精力和雄强气魄！不幸的是现代文化便培养了许多蝗虫。在都市高级知识分子中，特别容易发现蝗虫，贪得而自私，有个华美外表，比蝗虫更多一种自足的高贵。”

主妇一遇到涉及人的问题时，照例只是微笑。从微笑中依稀可见出“察渊鱼者不祥”一句格言的反光，或如另一时论起的，“我即觉得他人和我理想不同，从不说；你一说，就糟了。在自以为深刻的，可不想在人家容易成苛刻，为的是人总是人，是异于兽和神之间的东西，他们从我沉默中，比由你文章中可以领会更多的同情。每个人既都有不同的弱点，同情却覆盖了那个不愉快！”

我想起先前一时在田野中感觉到的广大沉默，因此又说：“沉默也是一种难得品德，在许多方面可以看得出来。因为它在同情之外，还包含容忍，保留否定。可是这种品德是无望于某些人的。说真话，有些人不能沉默的表现上，我倒时常可以发现一种爱娇，即稍微混和一点儿做作亦无关系。因为大都本源于求好，求好心太切，又缺少自信自知，有时就不免适得其反。许多人在求好行为上摔跤，你亲眼看到，不作声，就称为忠厚；我看到，充满善意想用手扶一扶，反而不成！虎虎摔跤也不欢喜人扶的！因为这伤害了他的做人自尊心！”

主妇说：“你知道那么多，却自己作不到把这不难得品德得到！你即不扶也成，可是事实上你有时却说我恐怕伤你自尊心，虽然你并不十分自尊，人家怎么不难受！”孩子们见提到本问题，龙龙插嘴说：“姆妈，奇怪，我昨天做了个梦，梦到张嫂已和一个人结婚，还请我们吃酒。新郎好像是个洋人。她是不是和 × 伯母一样，都欢喜洋人？”

小虎虎说：“可是洋人说她身体长得好看，用尺量过？洋人要哄张嫂，一定也去做官。× 伯母答应借巴老伯大床结婚，借不借张嫂？张嫂是只煮不烂的小鸡，皮毛厚厚的，费火费水。做梦只想金钏子，× × 太太就有一双金钏子。”

小龙的好奇心转到报纸上：“报上说大嘴笑匠到昆明来了，是个什么人？是不是在联大演讲逗人发笑的林语堂？”

虎虎还想有所自见：“我也做了个怪梦，梦见四姨坐只大船从溪里回来，划船的是个顶熟的人。船比小河大。诗人舅舅在堤上，拍拍手，口说好好，就走开了。我正在提水，水桶上那个米老鼠也看见。当真的。”

虎虎的作风是打趣争强，使龙龙急了起来：“唉咦，小弟，你又乱说。你就只会捣乱，青天白日也睁了双大眼睛做梦，不分真假自己相信！”

“一切愿望都神圣庄严，一切梦想都可能会实现。”我想起许多事情。好像面前有一幅涂满各种彩色的七巧板，排定了个式子，方的叫什么，长的象征什么，都已十分熟习。忽然被孩子们四只小手一搅，所有板片虽照样存在，部位秩序可给这种恶作剧完全弄乱了。原来情形只有板片自己知道，可是板片却无从说明。

小虎虎果然正睁起一双大眼睛，向虚空看得很远。海上复杂和星空壮丽，既影响我一生，也会影响他将来命运，为这双美丽眼睛，我不免稍稍有点忧愁。因此为他说了个佛经上驹那罗王子[①]的故事。

“……那王子一双极好看的眼睛，瞎了又亮了，就和你眼睛一样，黑亮亮的，看什么都清清楚楚；白天看日头不眏眼，夜间在这种灯光下还看得见屋顶上小疟蚊。为的是作人正直而有信仰，始终相信善。他的爸爸就把那个紫金钵盂，拿到全国各处去。全国各地年青美丽的女孩子，听说王子瞎了眼睛，为同情他受的委屈，都流了眼泪。接了大半钵这种清洁眼泪，带回来一洗，那双眼睛就依旧亮光光的了！”

主妇笑着不作声，清明目光中仿佛流注一种温柔回答：“从前故事上说，王子眼睛被恶人弄瞎后，要用美貌女孩子的纯洁眼泪来

① 驹那罗王子：阿育王之子。阿育王，古印度摩揭陀国孔雀王朝国王。

洗，方可重见光明。现在的人呢，要从勇敢正直的眼光中得救。”

我因此补充说：“小弟，一个人从美丽温柔眼光中，也能得救！譬如说……”

孩子的心被故事完全征服了，张大着眼睛，对他母亲十分温驯的望着：

“姆妈，你眼睛也亮得很，比我的还亮！”

一九四三年十二月末一日作于云南呈贡

补破衣的老妇人 / 许地山

她坐在檐前，微微的雨丝飘摇下来，多半聚在她脸庞的皱纹上头。她一点也不理会，尽管收拾她的筐子。

在她的筐子里有很美丽的零剪绸缎，也有很粗陋的麻头、布尾。她从没有理会雨丝在她头、面、身体之上乱扑；只提防着筐里那些好看的材料沾湿了。

那边来了两个小弟兄。也许他们是学校回来。小弟弟管她叫作“衣服的外科医生”，现在见她坐在檐前，就叫了一声。

她抬起头来，望着这两个孩子笑了一笑。那脸上的皱纹虽皱得更厉害，然而生的痛苦可以从那里挤出许多，更能表明她是一个享乐天年的老婆子。

小弟弟说：“医生，你只用筐里的材料在别人的衣服上，怎么自己的衣服却不管了？你看你肩脖补的那一块又该掉下来了。”

老婆子摸一摸自己的肩脖，果然随手取下一块小方布来。她笑着对小弟弟说：“你的眼睛实在精明！我这块原没有用线缝住，因为早晨忙着要出来，只用糨子暂时糊着，盼望晚上回去弥补，不提防雨丝替我揭起来了！……这揭得也不错。我，既如你所说，是一个衣服的外科医生，那么，我是不怕自己的衣服害病的。”

她仍是整理筐里的零剪绸缎，没理会雨丝零落在她身上。

哥哥说：“我看爸爸的手册里夹着许多的零剪文件；他也是像你一样，不时地翻来翻去。他……”

弟弟插嘴说：“他也是另一样的外科医生。”

老婆子把眼光射在他们身上，说：“哥儿们，你们说得对了。你们的爸爸爱惜小册里的零碎文件，也和我爱惜筐里的零剪绸缎一般。他凑合多少地方的好意思，等用得着时，就把它们编连起来，成为一种新的理解。所不同的，就是他用的头脑；我用的只是指头便了。你们叫他做……”

说到这里，父亲从里面出来，问起事由，便点头说：“老婆子，你的话很中肯。我们所为，原就和你一样，东搜西罗，无非是些绸头、布尾，只配用来补补破衲袄罢了。”

父亲说完，就下了石阶，要在微雨中到葡萄园里，看看他的葡萄长芽了没有。这里孩子们还和老婆子争论着要他们的爸爸做什么样医生。

黄昏的观前街 / 郑振铎

我刚从某一个大都市归来。那一个大都市，说得漂亮些，是乡村的气息较多于城市的。它比城市多了些乡野的荒凉况味，比乡村却又少了些质朴自然的风趣。疏疏的几簇住宅，到处是绿油油的菜圃，是蓬蒿没膝的废园，是池塘半绕的空场，是已生了荒草的瓦砾堆。晚间更是凄凉。太阳刚刚西下，街上的行人便已“寥若晨星”。在街灯如豆的黄光之下，踽踽的独行着，瘦影显得更长了，足音也格外的寂寥。远处野犬，如豹的狂吠着。黑衣的警察，幽灵似的扶枪立着。在前面的重要区域里，仿佛有“站住！”“口号！”的呼叱声。我假如是喜欢都市生活的话，我真不会喜欢到这个地方；我假如是喜欢乡间生活的话，我也不会喜欢到这个所在。我的天！还是趁早走了吧。（不仅是“浩然”，简直是“凛然有归志”了！）

归程经过苏州，想要下去，终于因为舍不得抛弃了车票上的未用尽的一段路资，蹉跎的被火车带过去了。归后不到三天，长个子的樊与矮而美髯的孙，却又拖了我逛苏州去。早知道有这一趟走，还不中途而下，来得便利么？

我的太太是最厌恶苏州的，她说舒舒服服的坐在车上，走不了几步，却又要下车过桥了。我也未见得十分喜欢苏州；一来是，走了几趟都买不到什么好书，二来是，住在阊门外，太像上海，而又没有上海的繁华。但这一次，我因为要换换花样，却拖他们住到城里去。不料竟因此而得到了一次永远不曾领略到的苏州景色。

我们跑了几家书铺，天色已经渐渐的黑下来了，樊说：“我们找一个地方吃饭吧。”饭馆里是那么样的拥挤，走了两三家，才得到了一张空桌。街上已上了灯。楼窗的外面，行人也是那么样的拥挤。没有一盏灯光不照到几堆子人的，影子也不落在地上，而落在人的身上。我不禁想起了某一个大城市的荒凉情景，说道：“这才可算是一个都市！”

这条街是苏州城繁华的中心的观前街。玄妙观是到过苏州的人没有一个不熟悉的；那么粗俗的一个所在，未必有胜于北平的隆福寺，南京的夫子庙，扬州的教场。观前街也是一条到过苏州的人没有一个不曾经过的；那么狭小的一道街，三个人并列走着，便可以不让旁的人走，再加之以没头苍蝇似的乱钻而前的人力车，或箩或桶的一担担的水与蔬菜，混合成了一个道地的中国式的小城市的拥挤与纷乱无秩序的情形。

然而，这一个黄昏时候的观前街，却与白昼大殊。我们在这条街上舒适的散着步，男人，女人，小孩子，老年人，摩肩接踵而过，却不喧哗，也不推拥。我所得的苏州印象，这一次可说是最好。——从前不曾于黄昏时候在观前街散步过。半里多长的一条古式的石板街道，半部车子也没有，你可以安安稳稳的在街心踱方步。灯光耀耀煌煌的，铜的，布的，黑漆金字的市招，密簇簇的排列在你的头上，一举手便可触到了几块。茶食店里的玻璃匣，亮晶晶的在繁灯之下发光，照得匣内的茶食通明的映入行人眼里，似欲伸手招致他们去买几色苏制的糖食带回去。野味店的山鸡野兔，已烹制的，或尚带着皮毛的，都一串一挂的悬在你的眼前——就在你的眼前，那香味直扑到你的鼻上。你在那里，走着，走着。你如走在一所游艺园中。你如在暮春三月，迎神赛会的当儿，挤在人群里，跟着他们跑，兴奋而感到浓趣。你如在你的少小时，大人们在做寿，或娶亲，地上铺着花毯，天上张着锦幔，长随打杂老妈丫头，客人的孩子们，全都穿戴着崭新的衣帽，穿梭似的进进出出，而你在其间，随意的玩耍，随意的奔跑。你白天觉得这条街狭小，在这时，你，才觉这条街狭小得妙。她将你紧压住了，如夜间将自己的手放在心头，做了很刺激的梦；她将你紧紧的拥抱住了，如一个爱人身体的热情的拥抱；她将所有的宝藏，所有的繁华，所有的可引动人的东西，都陈列在你的面前，即在你的眼下，相去不到三尺左右，而别用一种黄昏的灯纱笼罩了起来，使它们更显得隐约而动情，如一位对窗里面的美人，如一位躲于绿帘后的少女。她假如也像别的都市的街道那样的开朗阔大，那么，你便将永远感不到这种亲切的繁华的况味，你便将永远受不到这种紧紧的箍压于你的全身，你的全心的燠暖而温馥的情趣了。你平常觉得这条街闲人太多，过于拥挤，在这时却正显得人多的好处。你看人，人也看你；你的左边是一位时装的小姐，你的右边是几位随了丈夫父亲上城的乡姑，你的前面是一二位步履维艰的道地的苏州老，一二位尖帽薄履的苏式少年，你偶然回过头来，你的眼光却正碰在一位容光射人，衣饰过丽的少奶奶的身上。你的团团转转都是人，都是无关系的无关心的最驯良的人，你可以舒舒适适的踱着方步，一点也不用担心什么。这里没有乘机的偷盗，没有诱人入魔窟的“指导者”，也没有什么电掣风驰，左冲右撞的一切车子。每一个人都是那么安闲的散步着，散步着；川流不息的在走，肩摩踵接的在走，他们永不会猛撞着你身上而过。他们是走得那么安闲，那么小心。你假如偶然过于大意的撞了人，或踏了人的足——那是极不经见的事！他们抬眼望了望你，你对他们点点头，表示歉意，也就算了。大家都感到一种的亲切，一种的无损害，一种的无忧无虑的生活；大家都似躲在一个乐园中，在明月之下，绿林之间，悠闲的微步着，忘记了园外的一切。

那么鳞鳞比比的店房，那么密密接接的市招，那么耀耀煌煌的灯光，那么狭狭小小的街道，竟使你抬起头来，看不见明月，看不见星光，看不见一丝一毫的黑暗的夜天。她使你不知道黑暗，她使你忘记了这是夜间。啊，这样的一个“不夜之城”！

“不夜之城”的巴黎，“不夜之城”的伦敦，你如果要看，你且去歌剧院左近走着，你且去辟加德莱圈散步，准保你不会有一刻半秒的安逸；你得时时刻刻的担心，时时刻刻的提防着，大都市的火害，是那么多。每个人都是匆匆的走马灯似的向前走，你也得匆匆的走；每个人都是紧张着矜持着，你也自然得会紧张着，矜持着。你假如走惯了黄昏时候的观前街，你在那里准得要吃大苦头，除非你已将老脾气改得一干二净。你假如为店铺的窗中的陈列品所迷住了，譬如说，你要站住了仔仔细细的看一下，你准得要和后面的人猛碰一下，他必定要诧异的望了望你，虽然嘴里说的是“对不起”。你也得说，“对不起”，然而你也饱受了他，以至他们的眼光的奚落。你如走到了歌剧院的阶前，你如走到了那尔逊的像下，你将见斗大的一个个市招或广告牌，闪闪在放光；一片的灯火，映射得半个天空红红的。然而那里却是如此的开朗敞阔，建筑物又是那么的宏伟，人虽拥挤，却是那样的藐小可怜，Taxi 和 Bus 也如小甲虫似的，如红蚁似的在一连串的走着。大半个天空是黑漆漆的，几颗星在冷冷的睒着眼看人。大都市的荣华终敌不住黑夜的侵袭。你在那里，立了一会，只要一会，你便将完全的领受到夜的凄凉了。像观前街那样的燠暖温馥之感，你是永远得不到的，你在那里是孤零的，是寂寞的，算不定会有什么飞灾横祸光临到你身上，假如你要一个不小心。像在观前街的那么舒适无虑的亲切的感觉，你也是永远不会得到的。

有观前街的燠暖温馥与亲切之感的大都市，我只见到了一个委尼司；即在委尼司的 St. Mark 广场的左近。那里也是充满了闲人，充满了紧压在你身上的燠暖的情趣的；街道也是那么狭小，也许更要狭，行人也是那么拥挤，也许更要拥挤，灯光也是那么辉辉煌煌的，也许更要辉煌。有人口口声声的称呼苏州为东方的委尼司；别的地方，我看不出，别的时候，我看不出，在黄昏时候的观前街，我却深切的感到了。——虽然观前街少了那么弘丽的 Piazza of St. Mark，少了那么轻妙的此奏彼息的乐队。

雪天 / 萧红

我直直是睡了一个整天，这使我不能再睡。小屋子渐渐从灰色变做黑色。

睡得背很痛，肩也很痛，并且也饿了。我下床开了灯，在床沿坐了坐，到椅子上坐了坐，扒一扒头发，揉擦两下眼睛，心中感到幽长和无底，好像把我放下一个煤洞去，并且没有灯笼，使我一个人走沉下去。屋子虽然小，在我觉得和一个荒凉的广场样，屋子墙壁隔离着我，比天还远，那是说一切不和我发生关系，那是说我的肚子太空了！

一切街车街声在小窗外闹着。可是三层楼的过道非常寂静。每走过一个人，我留意他的脚步声，那是非常响亮的，硬底皮鞋踏过去，女人的高跟鞋更响亮而且焦急，有时成群的响声，男男女女穿插着过了一阵。我听遍了过道上一切引诱我的声音，可是不用开门看，我知道郎华还没回来。

小窗那样高，囚犯住的屋子一般，我仰起头来，看见那一些纷飞的雪花从天空忙乱地跌落，有的也打在玻璃窗片上，即刻就消融了，变成水珠滚动爬行着，玻璃窗被它画成没有意义、无组织的条纹。

我想：雪花为什么要翩飞呢？多么没有意义！忽然我又想：我不也是和雪花一般没有意义吗？坐在椅子里，两手空着，什么也不做；口张着，可是什么也不吃。我十分和一架完全停止了的机器相像。

过道一响，我的心就非常跳，那该不是郎华的脚步？一种穿软底鞋的声音，嚓嚓来近门口，我仿佛是跳起来，我心害怕着：他冻得可怜了吧？他没有带回面包来吧？

开门看时，茶房站在那里：

“包夜饭吗？”

“多少钱？”

“每份 6 角。包月 15 元。”

“……”我一点都不迟疑地摇着头，怕是他把饭送进来强迫叫我吃似的，怕他强迫向我要钱似的。茶房走出，门又严肃地关起来。一切别的房中的笑声，饭菜的香气都断绝了，就这样用一道门，我与人间隔离着。

一直到郎华回来，他的胶皮底鞋擦在门限，我才止住幻想。茶房手上的托盘，盛着肉饼、炸黄的番薯、切成大片有弹力的面包……

郎华的夹衣上那样湿了，已湿的裤管拖着泥。鞋底通了孔，使得袜子也湿了。

他上床暖一暖，脚伸在被子外面，我给他用一张破布擦着脚上冰凉的黑圈。

当他问我时，他和呆人一般，直直的腰也不弯：

“饿了吧？”

我几乎是哭了。我说：“不饿。”为了低头，我的脸几乎接触到他冰凉的脚掌。

他的衣服完全湿透，所以我到马路旁去买馒头。就在光身的木桌上，刷牙缸冒着气，刷牙缸伴着我们把馒头吃完。馒头既然吃完，桌上的铜板也要被吃掉似的。他问我：

“够不够？”

我说：“够了。”我问他：“够不够？”

他也说：“够了。”

隔壁的手风琴唱起来，它唱的是生活的痛苦吗？手风琴凄凄凉凉地唱呀！

登上桌子，把小窗打开。这小窗是通过人间的孔道：楼顶，烟囱，飞着雪沉重而浓黑的天，路灯，警察，街车，小贩，乞丐，一切显现在这小孔道，繁繁忙忙的市街发着响。

隔壁的手风琴在我们耳里不存在了。

还想着它 / 老舍

钱在我手里，也不怎么，不会生根。我并不胡花，可是钱老出去的很快。据相面的说，我的缝指太宽，不易存财；到如今我还没法打倒这个讲章。在德法意等国跑了一圈，心里很舒服了，因为钱已花光。钱花光就不再计划什么事儿，所以心里舒服。幸而巴黎的朋友还拿着我几个钱，要不然哪，就离不了法国。这几个钱仅够买三等票到新加坡的。那也无法，到新加坡再讲吧。反正新加坡比马赛离家近些，就是这个主意。

上了船，袋里还剩下十几个佛郎，合华币大洋一元有余；多少不提，到底是现款。船上遇见了几位留法回家的“国留”——复杂着一点说，就是留法的中国学生。大家一见如故。不大会儿的工夫，大家都彼此明白了经济状况；最阔气的是位姓李的，有二十七个佛郎；比我阔着块巴来钱。大家把钱凑在一处，很可以买瓶香槟酒，或两支不错的吕宋烟。我们既不想喝香槟或吸吕宋，连头发都决定不去剪剪，那么，我们到底不是赤手空拳，干吗不快活呢？大家很高兴，说得也投缘。有人提议：到上海可以组织个银行。他是学财政的。我没表示什么，因为我的船票只到新加坡；上海的事先不必操心。

船上还有两位印度学生，两位美国华侨少年，也都挺和气。两位印度学生穿得满讲究，也关心中国的事。在开船的第三天早晨，他俩打起来：一个弄了个黑眼圈，一个脸上挨了一鞋底。打架的原因：他俩分头向我们诉冤，是为一双袜子。也不是谁卖给谁，穿了（或者没穿）一天又不要了，于是打起活来。黑眼圈的除用湿手绢捂着眼，一天到晚嘟囔着："在国里，我吐痰都不屑于吐在他身上！他脏了我的鞋底！"吃了鞋底的那位就对我们讲："上了岸再说；揍他，勒死，用小刀子捅！"他俩不再和我们讨论中国的问题，我们也不问甘地怎样了。

那两位华侨少年中的一位是出来游历：由美国到欧洲大陆，而后到上海，再回家。他在柏林住了一天，在巴黎住了一天，他告诉我，都是停在旅馆里，没有出门。他怕引诱。柏林巴黎都是坏地方，没意思，他说。到了马赛，他丢了一只皮箱。那一位少年是干什么的，我不知道。他一天到晚想家。想家之外，便看法国姑娘。而后告诉那位出来游历的："她们都钓我呢！"

所谓"她们"，是七八个到安南或上海的法国舞女，最年轻的不过才三十多岁。三等舱的食堂永远被她们占据着。她们吸烟，吃饭，抡大腿，练习唱，都在这儿。领导的是个五十多岁的小干老头儿，脸像个干橘子。她们没事的时候也还光着大腿，有俩小军官时常和她们弄牌玩。可是那位少年老说她们关心着他。

三等舱里不能算不热闹，舞女们一唱就唱两个多钟头。那个小干老头似乎没有夸奖她们的时候，差不多老对她们喊叫。可是她们也不在乎。她们唱或抡腿，我们就瞎扯，扯腻了便到甲板上过过风。我们的茶房是中国人，永远蹲在暗处，不留神便踩了他的脚。他卖一种黑玩艺，五个佛郎一小包，舞女们也有买的。

二十多天就这样过去：听唱，看大腿，瞎扯，吃饭。舱中老是这些人，外边老是那些水。没有一件新鲜事，大家的脸上眼看着往起长肉，好像一船受填时期的鸭子。坐船是件苦事，明知光阴怪可惜，可是没法不白白扔弃。书读不下去，海是看腻了，话也慢慢的少起来。我的心里还悬虚着：到新加坡怎办呢？

就在那么心里悬虚一天的，到了新加坡。再想在船上吃，是不可能了，只好下去。雇上洋车，不，不应当说雇上，是坐上；此处的洋车夫是多数不识路的，即使识路，也听不懂我的话。坐上，用手一指，车夫便跑下去。我是想上商务印书馆。不记得街名，可是记得它是在条热闹街上；上欧洲去的时候曾经在此处玩过一天。洋车一直跑下去，我心里说：商务印书馆要是在这条街上等着我，便是开门见喜；它若不在这条街上，我便玩完。事情真凑巧，商务馆果然等着我呢。说不定还许是临时搬过来的。

这就好办了。进门就找经理。道过姓字名谁，马上问有什么工作没有。经理是包先生，人很客气，可是说事情不大易找。他叫我去看看南洋兄弟烟草公司的黄曼士先生——在地面上很熟，而且好交朋友。我去见黄先生，自然是先在商务馆吃了顿饭。黄先生也一时想不到事情，可是和我成了很好的朋友；我在新加坡，后来，常到他家去吃饭，也常一同出去玩。他是个很可爱的人。他家给他寄茶，总是龙井与香片两样，他不喜喝香片，便都归了我；所以在南洋我还有香片茶吃。不过，这都是后话。我还得去找事，不远就是中华书局，好，就是中华书局吧。经理徐采明先生至今还是我的好朋友。倒不在乎他给找着个事作，他的人可爱。见了他，我说明来意。他说有办法。马上领我到华侨中学去。这个中学离街市至少有十多里，好在公众汽车（都是小而红的车，跑得飞快）方便，一会儿就到了。徐先生替我去吆喝。行了，他们正短个国文教员。马上搬来行李，上任大吉。有了事作，心才落了实，花两毛钱买了个大柚子吃吃。然后支了点钱，买了条毯子，因为夜间必须盖上的。买了身白衣裳，中不中，西不西，自有南洋风味。赊了部《辞源》；教书不同自己读书，字总得认清了——有好些好些字，我总以为认识而实在念不出。一夜睡得怪舒服；新《辞源》摆在桌上被老鼠啃坏，是美中不足。预备用皮鞋打老鼠，及至见了面，又不想多事了，老鼠的身量至少比《辞源》长，说不定还许是仙鼠呢，随它去吧。老鼠虽大，可并不多。讲多是壁虎。到处是它们：棚上墙上玻璃杯里——敢情它们喜甜味，盛过汽水的杯子总有它们来照顾一下。它们还会唱，吱吱的，没什么好听，可也不十分讨厌。

天气是好的。早半天教书，很可以自自然然的，除非在堂上被学生问住，还不至于四脖子汗流的。吃过午饭就睡大觉，热便在暗中渡过去。六点钟落太阳，晚饭后还可以作点工，壁虎在墙上唱着。夜间必须盖条毯子，可见是不热；比起南京的夏夜，这里简直是仙境了。我很得意，有薪水可拿，而夜间还可以盖毯子，美！况且还得冲凉呢，早午晚三次，在自来水龙头下，灌顶浇脊背，也是痛快事。

可是，住了不到几天，我发烧，身上起了小红点。平日我是很勇敢的，一病可就有点怕死。身上有小红点哟，这玩艺，痧疹归心，不死才怪！把校医请来了，他给了我两包金鸡纳霜，告诉我离死还很远。吃了金鸡纳霜，睡在床上，既然离死很远，死我也不怕了，于是依旧勇敢起来。早晚在床上听着户外行人的足声，“心眼”里制构着美的图画：路的两旁杂生着椰树槟榔；海蓝的天空；穿白或黑的女郎，赤着脚，趿拉着木板，嗒嗒的走，也许看一眼树丛中那怒红的花。有诗意呀。矮而黑的锡兰人，头缠着花布，一边走一边唱。躺了三天，颇能领略这种浓绿的浪漫味儿，病也就好了。

一下雨就更好了。雨来得快，止得快，沙沙的一阵，天又响晴，路上湿了，树木绿到不能再绿。空气里有些凉而浓厚的树林子味儿，马上可以穿上夹衣。喝碗热咖啡顶那个。

学校也很好。学生们都会听国语，大多数也能讲得很好。他们差不多都很活泼。因为下课后便不大穿衣，身上就黑黑的，健康色儿。他们都很爱中国，愿意听激烈的主张与言语。

他们是资本家——大小不同，反正非有俩钱不能入学读书——的子弟，可是他们愿打倒资本家。对于文学，他们也爱最新的，自己也办文艺刊物。他们对先生们不大有礼貌，可不是故意的；他们爽直。先生们若能和他们以诚相见，他们便很听话。可惜有的先生爱耍些小花样！学生们不奢华。一身白衣便解决了衣的问题；穿西服受洋罪的倒是先生们，因为先生们多是江浙与华北的人，多少习染了上海的派头儿。吃也简单，除了爱吃刨冰，他们并不多花钱。天气使衣食住都简单化了。以住说吧，有个床，有条毯子，便可以过去。没毯子，盖点报纸，其实也可以将就。再有个自来水管，作冲凉之用，便万事亨通。还有呢，社会是个工商社会，大家不讲究穿，不讲究排场，也不讲究什么作诗买书，所以学生自然能俭朴。从一方面说，这个地方没有上海或北平那样的文化；从另一方面说，它也没有酸味的文化病。此地不能产生《儒林外史》。自然，大烟窑子等是有的，可是学生还不至于干这些事儿。倒是有内地的先生们觉得苦闷，没有社会。事业都在广东福建人手里，当教员的没有地位，也打不进广东或福建人的圈里去。教员似乎是一些高等工人，雇来的；出钱办学的人们没有把他们放在心里。玩的地方也没有，除了电影，没有可看的。所以住到三个月，我就有点厌烦了。别人也这么说。还拿天气说吧，老那么好，老那么好，没有变化，没有春夏秋冬，这就使人生厌。况且别的事儿也是死板板的没变化呢。学生们爱玩球，爱音乐，倒能有事可作。先生们在休息的时候，只能弄点汽水闲谈。我开始写《小坡的生日》。

本来我想写部以南洋为背景的小说。我要表扬中国人开发南洋的功绩：树是我们栽的，田是我们垦的，房是我们盖的，路是我们修的，矿是我们开的。都是我们作的。毒蛇猛兽，荒林恶瘴，我们都不怕。我们赤手空拳打出一座南洋来。我要写这个。我们伟大。是的，现在西洋人立在我们头上。可是，事业还仗着我们。我们在西人之下，其他民族之上。假如南洋是个糖烧饼，我们是那个糖馅。我们可上可下。自要努力使劲，我们只有往上，不会退下。没有了我们，便没有了南洋；这是事实，自自然然的事实。马来人什么也不干，只会懒。印度人也干不过我们。西洋人住上三四年就得回家休息，不然便支持不住。干活是我们，作买卖是我们，行医当律师也是我们。住十年，百年，一千年，都可以，什么样的天气我们也受得住，什么样的苦我们也能吃，什么样的工作我们有能力去干。说手有手，说脑子有脑子。我要写这么一本小说。这不是英雄崇拜，而是民族崇拜。所谓民族崇拜，不是说某某先生会穿西装，讲外国话，和懂得怎样给太太提着小伞。我是要说这几百年来，光脚到南洋的那些真正好汉。没钱，没国家保护，什么也没有。硬去干，而且真干出玩艺来。我要写这些真正的中国人，真有劲的中国人。中国是他们的，南洋也是他们的。那些会提小伞的先生们，屁！连我也算在里面。

可是，我写不出。打算写，得到各处去游历。我没钱，没工夫。广东话，福建话，马来话，我都不会。不懂的事还很多很多。不敢动笔。黄曼士先生没事就带我去看各种事儿，为是供给我点材料。可是以几个月的工夫打算抓住一个地方的味儿，不会。再说呢，我必须描写海，和中国人怎样在海上冒险。对于海的知识太少了；我生在北方，到二十多岁才看见了轮船。

那么，只好多住些日子了。可是我已离家六年，老母已七十多岁，常有信催我回家。为省得闲着，我开始写《小坡的生日》。本来想写的只好再等机会吧。直到如今，啊，机会可还没来。

写《小坡的生日》的动机是：表面的写点新加坡的风景什么的。还有：以儿童为主，表现着弱小民族的联合——这是个理想，在事实上大家并不联合，单说广东与福建人中间的成见与争斗便很厉害。这本书没有一个白小孩，故意的落掉。写了三个多月吧，得到五万来字；到上海又补了一万。

这本书中好的地方，据我自己看，是言语的简单与那些像童话的部分。它不完全是童话，因为前半截有好些写实处——本来是要描写点真事。这么一来，实的地方太实，虚的地方又很虚，结果是既不像童话，又非以儿童为主的故事，有点四不像了。设若有工夫删改，把写实的部分去掉，或者还能成个东西。可是我没有这个工夫。顶可笑的是在南洋各色小孩都讲着漂亮——确是漂亮——的北平话。

《小坡的生日》写到五万来字，放年假了。我很不愿离开新加坡，可是要走这是个好时候，学期之末，正好结束。在这个时节，又有去作别的事情的机会。若是这些事情中有能成功的，我自然可以辞去教职而仍不离开此地，为是可以多得些经验。可是这些事都没成功，因为有人从中破坏。这么一来，我就决定离开。我不愿意自己的事和别人捣乱争吵。在阳历二月底，我又上了船。

到现在想起来，我还很爱南洋——它在我心中是一片颜色，这片颜色常在梦中构成各样动心的图画。它是实在的，同时可以是童话的，原始的，浪漫的。无论在经济上，商业上，军事上，民族竞争上，诗上，音乐上，色彩上，它都有种魔力。

原载一九三四年十月《大众画报》第十二期

窗子以外 / 林徽因

话从哪里说起？等到你要说话，什么话都是那样渺茫地找不到个源头。

此刻，就在我眼帘底下坐着是四个乡下人的背影：一个头上包着黯黑的白布，两个褪色的蓝布，又一个光头。他们支起膝盖，半蹲半坐的，在溪沿的短墙上休息。每人手里一件简单的东西：一个是白木棒，一个篮子，那两个在树荫底下我看不清楚。无疑地他们已经走了许多路，再过一刻，抽完一筒旱烟以后，是还要走许多路的。兰花烟的香味频频随着微风，袭到我官觉上来，模糊中还有几段山西梆子的声调，虽然他们坐的地方是在我廊子的铁纱窗以外。

铁纱窗以外，话可不就在这里了。永远是窗子以外，不是铁纱窗就是玻璃窗，总而言之，窗子以外！

所有的活动的颜色、声音，生的滋味，全在那里的，你并不是不能看到，只不过是永远地在你窗子以外罢了。

多少百里的平原土地，多少区域的起伏的山峦，昨天由窗子外映进你的眼帘，那是多少生命日夜在活动着的所在；每一根青的什么麦黍，都有人流过汗；每一粒黄的什么米粟，都有人吃去；其间还有的是周折，是热闹，是紧张！可是你则并不一定能看见，因为那所有的周折，热闹，紧张，全都在你窗子以外展演着。

在家里罢，你坐在书房里，窗子以外的景物本就有限。那里两树马缨，几棵丁香；榆叶梅横出风雅的一大枝；海棠因为缺乏阳光，每年只开个两三朵——叶子上满是虫蚁吃的创痕，还卷着一点焦黄的边；廊子幽秀地开着扇子式，六边形的格子窗，透过外院的日光，外院的杂音。什么送煤的来了，偶然你看到一个两个被煤炭染成黔黑的脸；什么米送到了，一个人掮着一大口袋在背上，慢慢踱过屏门；还有自来水，电灯、电话公司来收账的，胸口斜挂着皮口袋，手里推着一辆自行车；更有时厨子来个朋友了，满脸的笑容，“好呀，好呀”地走进门房；什么赵妈的丈夫来拿钱了，那是每月一号一点都不差的，早来了你就听到两个人唧唧哝哝争吵的声浪。

那里不是没有颜色，声音，生的一切活动，只是他们和你总隔个窗子——扇子式的，六边形的，纱的，玻璃的！

你气闷了把笔一搁说，这叫做什么生活！你站起来，穿上不能算太贵的鞋袜，但这双鞋和袜的价钱也就比——想它做什么，反正有人每月的工资，一定只有这价钱的一半乃至于更少。

你出去雇洋车了，拉车的嘴里所讨的价钱当然是要比例价高得多，难道你就傻子似地答应下来？不，不，三十二子，拉就拉，不拉，拉倒！心里也明白，如果真要充内行，你就该说，二十六子，拉就拉——但是你好意思争！

车开始辗动了，世界仍然在你窗子以外。长长的一条胡同，一个个大门紧紧地关着。就是有开的，那也只是露出一角，隐约可以看到里面有南瓜棚子，底下一个女的，坐在小凳上缝缝做做的；另一个，抓住还不能走路的小孩子，伸出头来喊那过路卖白菜的。至于白菜是多少钱一斤，那你是听不见了，车子早已拉得老远，并且你也无需乎知道的。在你每月费用之中，伙食是一定占去若干的。在那一笔伙食费里，白菜又是多么小的一个数。难道你知道了门口卖的白菜多少钱一斤，你真把你哭丧着脸的厨子叫来申斥一顿，告诉他每一斤白菜他多开了你一个“大子儿”？

车越走越远了，前面正碰着粪车，立刻你拿出手绢来，皱着眉，把鼻子蒙得紧紧的，心里不知怨谁好。

怨天做的事太古怪；好好的美丽的稻麦却需要粪来浇！怨乡下人太不怕臭，不怕脏，发明那么两个篮子，放在鼻前手车上，推着慢慢走！你怨市里行政人员不认真办事，如此脏臭不卫生的旧习不能改良，十余年来对这粪车难道真无办法？为着强烈的臭气隔着你窗子还不够远，因此你想到社会卫生事业如何还办不好。

路渐渐好起来，前面墙高高的是个大衙门。这里你简直不止隔个窗子，这一带高高的墙是不通风的。你不懂里面有多少办事员，办的都是什么事；多少浓眉大眼的，对着乡下人做买卖的吆喝诈取；多少个又是脸黄黄的可怜虫，混半碗饭分给一家子吃。自欺欺人，里面天天演的到底是什么把戏？但是如果里面真有两三个人拼了命在那里奋斗，为许多人争一点便利和公道，你也无从知道！

到了热闹的大街了，你仍然像在特别包厢里看戏一样，本身不会，也不必参加那出戏；倚在栏杆上，你在审美的领略，你有的是一片闲暇。但是如果这里洋车夫问你在哪里下来，你会吃一惊，仓卒不知所答。生活所最必需的你并不缺乏什么，你这出来就也是不必需的活动。

偶一抬头，看到街心和对街铺子前面那些人，他们都是急急忙忙地，在时间金钱的限制下采办他们生活所必需的。

两个女人手忙脚乱地在监督着店里的伙计称秤。二斤四两，二斤四两的什么东西，且不必去管，反正由那两个女人的认真的神气上面看去，必是非同小可，性命交关的货物。并且如果称得少一点时，那两个女人为那点吃亏的分量必定感到重大的痛苦；如果称得多时，那伙计又知道这年头那损失在东家方面真不能算小。

于是那两边的争持是热烈的，必需的，大家声音都高一点；女人脸上呈块红色，头发披下了一缕，又用手抓上去；伙计则维持着客气，口里嚷着：“错不了，错不了！”

热烈的，必需的，在车马纷纭的街心里，忽然由你车边冲出来两个人；男的，女的，各各提起两脚快跑。这又是干什么的，你心想，电车正在拐大弯。那两人原就追着电车，由轨道旁边擦过去，一边追着，一边向电车上卖票的说话。电车是不容易赶的，你在洋车上真不禁替那街心里奔走赶车的担心。但是你也知道如果这趟没赶上，他们就可以在街旁站个半点来钟，那些宁可盼穿秋水不雇洋车的人，也就是因为他们的生活而必须计较和节省到洋车同电车价钱上那相差的数目。

此刻洋车跑得很快，你心里继续着疑问你出来的目的，到底采办一些什么必需的货物。眼看着男男女女挤在市场里面，门首出来一个进去一个，手里都是持着包包裹裹，里边虽然不会全是他们当日所必需的，但是如果当中夹着一盒稍微奢侈的物品，则亦必是他们生活中间闪着亮光的一个愉快！

你不是听见那人说么？里面草帽，一块八毛五，贵倒贵点，可是“真不赖”！他提一提帽盒向着打招呼的朋友，他摸一摸他那剃得光整的脑袋，微笑充满了他全个脸。那时那一点迸射着光闪的愉快，当然的归属于他享受，没有一点疑问，因为天知道，这一年中他多少次地克己省俭，使他赚来这一次美满的，大胆的奢侈！

那点子奢侈在那人身上所发生的喜悦，在你身上却完全失掉作用，没有闪一星星亮光的希望！你想，整年整月你所花费的，和你那窗子以外的周围生活程度一比较，严格算来，可不都是非常靡费的用途？每奢侈一次，你心上只有多难过一次，所以车子经过的那些玻璃窗口，只有使你更惶恐，更空洞，更怀疑，前后彷徨不着边际。并且看了店里那些形形色色的货物，除非你真是傻子，难道不晓得它们多半是由哪一国工厂里制造出来的！奢侈是不能给你愉快的，它只有要加增你的戒惧烦恼。每一尺好看点的纱料，每一件新鲜点的工艺品！

你诅咒着城市生活，不自然的城市生活！检点行装说，走了，走了，这沉闷没有生气的生活，实在受不了，我要换个样子过活去。健康的旅行既可以看看山水古刹的名胜，又可以知道点内地纯朴的人情风俗，走了，走了，天气还不算太坏，就是走他一个月六礼拜也是值得的。

没想到不管你走到哪里，你永远免不了坐在窗子以内的。不错，许多时髦的学者常常骄傲地带上"考察"的神气，架上科学的眼镜偶然走到哪里一个陌生的地方瞭望，但那无形中的窗子是仍然存在的。

不信，你检查他们的行李，有谁不带着罐头食品，帆布床，以及别的证明你还在你窗子以内的种种零星用品，你再摸一摸他们的皮包，那里短不了有些钞票；一到一个地方，你有的是一个提梁的小小世界。

不管你的窗子朝向哪里望，所看到的多半则仍是在你窗子以外，隔层玻璃，或是铁纱！隐隐约约你看到一些颜色，听到一些声音，如果你私下满足了，那也没有什么，只是千万别高兴起说什么接触了，认识了若干事物人情，天知道那是罪过！洋鬼子们的一些浅薄，千万学不得。

你是仍然坐在窗子以内的，不是火车的窗子，汽车的窗子，就是客栈逆旅的窗子，再不然就是你自己无形中习惯的窗子，把你搁在里面。

接触和认识实在谈不到，得天独厚的闲暇生活先不容你。一样是旅行，如果你背上掮的不是照相机而是一点做买卖的小血本，你就需要全副的精神来走路：你得留神投宿的地方；你得计算一路上每吃一次烧饼和几颗沙果的钱；遇着同行的战战兢兢地打招呼，互相捧出诚意，遇着困难时好互相关照帮忙，到了一个地方你是真带着整个血肉的身体到处碰运气，紧张的境遇不容你不奋斗，不与其他奋斗的血和肉的接触，直到经验使得你认识。

前日公共汽车里一列辛苦的脸，那些谈话，里面就有很多生活的分量。

陕西过来做生意的老头和那旁坐的一股客气，是不得已的；由交城下车的客人执着红粉包纸烟递到汽车行管事手里也是有多少理由的，穿棉背心的老太婆默默地挟住一个蓝布包袱，一个钱包，是在用尽她的全副本领的，果然到了冀村，她错过站头，还亏别个客人替她要求车夫，将汽车退行两里路，她还不大相信地望着那村站，口里噜苏着这地方和上次如何两样了。开车的一面发牢骚一面爬到车顶替老太婆拿行李，经验使得他有一种涵养，行旅中少不了有认不得路的老太太，这个道理全世界是一样的，伦敦警察之所以特别和蔼，也是从迷路的老太太孩子们身上得来的。

话说了这许多，你仍然在廊子底下坐着，窗外送来溪流的喧响，兰花烟气味早已消失，四个乡下人这时候当已到了上流“庆和义”磨坊前面。昨天那里磨坊的伙计很好笑的满脸挂着面粉，让你看着磨坊的构造；坊下的木轮，屋里旋转着的石碾，又在高低的院落里，来回看你所不经见的农具在日影下列着。院中一棵老槐、一丛鲜艳的杂花、一条曲曲折折引水的沟渠，伙计和气地说闲话。他用着山西口音，告诉你，那里一年可出五千多包的面粉，每包的价钱约略两块多钱。又说这十几年来，这一带因为山水忽然少了，磨坊关闭了多少家，外国人都把那些磨坊租去作他们避暑的别墅。惭愧的你说，你就是住在一个磨坊里面，他脸上堆起微笑，让面粉一星星在日光下映着，说认得认得，原来你所租的磨坊主人，一个外国牧师，待这村子极和气，乡下人和他还都有好感情。

这真是难得了，并且好感的由来还有实证。就是那一天早上你无意中出去探古寻胜，这一省山明水秀，古刹寺院，动不动就是宋辽的原物，走到山上一个小村的关帝庙里，看到一个铁铎，刻着万历年号，原来是万历赐这村里庆成王的后人的，不知怎样流落到卖古董的手里。七年前让这牧师买去，晚上打着玩，嘹亮的钟声被村人听到，急忙赶来打听，要凑原价买回，情辞恳切。说起这是他们吕姓的祖传宝物，决不能让它流落出境，这牧师于是真个把铁铎还了他们，从此便在关帝庙神前供着。

这样一来你的窗子前面便展开了一张浪漫的图画，打动了你的好奇，管它是隔一层或两层窗子，你也忍不住要打听点底细，怎么明庆成王的后人会姓吕！这下子文章便长了。

如果你的祖宗是皇帝的嫡亲弟弟，你是不会，也不愿，忘掉的。据说庆成王是永乐的弟弟，这赵庄村里的人都是他的后代。不过就是因为他们记得太清楚了，另一朝的皇帝都有些老大不放心，雍正间诏命他们改姓，由姓朱改为姓吕，但是他们还有用二十字排行的方法，使得他们不会弄错他们是这一脉子孙。

这样一来你就有点心跳了，昨天你雇来那打水洗衣服的不也是赵庄村来的，并且还姓吕！果然那土头土脑圆脸大眼的少年是个皇裔贵族，真是有失尊敬了。那么这村子一定穷不了，但事实上则不见得。

田亩一片，年年收成也不坏。家家户户门口有特种围墙，像个小小堡垒——当时防匪用的。屋子里面有大漆衣柜衣箱，柜门上白铜擦得亮亮；炕上棉被红红绿绿也颇鲜艳。可是据说关帝庙里已有四年没有唱戏了，虽然戏台还高巍巍的对着正殿。村子这几年穷了，有一位王孙告诉你，唱戏太花钱，尤其是上边使钱。

这里到底是隔个窗子，你不懂了，一样年年好收成，为什么这几年村子穷了，只模模糊糊听到什么军队驻了三年多等，更不懂是，村子向上一年辛苦后的娱乐，关帝庙里唱唱戏，得上面使钱？

既然隔个窗子听不明白，你就通气点别尽管问了。

隔着一个窗子你还想明白多少事？昨天雇来吕姓倒水，今天又学洋鬼子东逛西逛，跑到下面养有鸡羊，上面挂有武魁匾额的人家，让他们用你不懂得的乡音招呼你吃菜，炕上坐，坐了半天出到门口，和那送客的女人周旋客气了一回，才恍然大悟，她就是替你倒脏水洗衣裳的吕姓王孙的妈，前晚上还送饼到你家来过！

这里你迷糊了。算了算了！你简直老老实实地坐在你窗子里得了，窗子以外的事，你看了多少也是枉然，大半你是不明白，也不会明白的。

论东西 / 朱自清

中国读书人向来不大在乎东西。“家徒四壁”不失为书生本色，做了官得“两袖清风”才算好官；爱积聚东西的只是俗人和贪吏，大家是看不起的。这种不在乎东西可以叫做清德。至于像《世说新语》里记的：

王恭从会稽还，王大看之，见其坐六尺簟，因语恭：“卿东来，故应有此物。可以一领及我。”恭无言。大去后，即举所坐者送之。既无余席，便坐荐上。后大闻之，甚惊曰：“吾本谓卿多，故求耳。”对曰：“丈人不悉恭，恭作人无长物。”

“作人无长物”也是不在乎东西，不过这却是达观了。后来人常说“身外之物，何足计较！”一类话，也是这种达观的表现，只是在另一角度下。不为物累，才是自由人，“清”是从道德方面看，“达”是从哲学方面看，清是不浊，达是不俗，是雅。

读书人也有在乎东西的时候，他们有的有收藏癖。收藏的可只是书籍，字画，古玩，邮票之类。这些人爱逛逛书店，逛逛旧货铺，地摊儿，积少也可成多，但是不能成为大收藏家。大收藏家总得沾点官气或商气才成。大收藏家可认真的在乎东西，书生的爱美的收藏家多少带点儿游戏三昧。——他们随时将收藏的东西公诸同好，有时也送给知音的人，并不严封密裹，留着“子孙永宝用”。这些东西都不是实用品，这些爱美的收藏家也还不失为雅癖。日常的实用品，读书人是向来不在乎也不屑在乎的。事实上他们倒也短不了什么，一般的说，吃的穿的总有的。吃的穿的有了，别的短点儿也就没什么了。这些人可老是舍不得添置日用品，因此常跟太太们闹别扭。而在搬家或上路的时候，太太们老是要多带东西，他们老是要多丢东西，更会大费唇舌——虽然事实上是太太胜利的多。

现在读书人可也认真的在乎东西了，而且连实用品都一视同仁了。这两年东西实在涨得太快，电兔儿都追不上，一般读书人吃的穿的渐渐没把握；他们虽然还在勉力保持清德，但是那种达观却只好暂时搁在一边儿了。于是乎谈烟，谈酒，更开始谈柴米油盐布。这儿是第一回，先生们和太太们谈到一路上去了。酒不喝了，烟越抽越坏，越抽越少，而且在打主意戒了——将来收藏起烟斗烟嘴儿当古玩看。柴米油盐布老在想法子多收藏点儿，少消费点儿。什么都爱惜着，真做到了“一粥一饭当思来处不易”。这些人不但不再是痴聋的阿家翁，而且简直变成克家的令子了。那爱美的雅癖，不用说也得暂时的搁在一边儿。这些人除了职业的努力以外，就只在柴米油盐布里兜圈子，好像可怜见儿的。其实倒也不然。他们有那一把清骨头，够自己骄傲的。再说柴米油盐布里也未尝没趣味，特别是在现在这时候。例如今天忽然知道了油盐有公卖处，便宜那么多；今天知道了王老板家的花生油比张老板的每斤少五毛钱；今天知道柴涨了，幸而昨天买了三百斤收藏着。这些消息都可以教人带着胜利的微笑回家。这是挣扎，可也是消遣不是？能够在柴米油盐布里找着消遣的是有福的。在另一角度下，这也是达观或雅癖哪。

读书人大概不乐意也没本事改行，他们很少会摇身一变成为囤积居奇的买卖人的。他们现在虽然也爱惜东西，可是更爱惜自己；他们爱惜东西，其实也只能爱惜自己的。他们不用说爱惜自己需要的柴米油盐布，还有就只是自己箱儿笼儿里一些旧东西，书籍呀，衣服呀，什么的。这些东西跟着他们在自己的中国里流转了好多地方，几个年头，可是他们本人一向也许并不怎样在意这些旧东西，更不会跟它们亲热过一下子。可是东西越来越贵了，而且有的越来越少了，他们这才打开自己的箱笼细看，嘿！多么可爱呀，还存着这么多东西哪！于是乎一样样拿起来端详，越端详越有意思，越有劲儿，像多年不见的老朋友似的，不知道怎样亲热才好。有了这些，得闲儿就去摩挲一番，尽抵得上逛旧货铺，地摊儿，也尽抵得上喝一回好酒，抽几支好烟的。再说自己看自己原也跟别人看自己一般，压根儿是穷光蛋一个；这一来且不管别人如何，自己确是觉得富有了。瞧，寄售所，拍卖行，有的是，暴发户的买主有的是，今天拿去卖点儿，明天拿去卖点儿，总该可以贴补点儿吃的穿的。等卖光了，抗战胜利的日子也就到了，那时候这些读书人该是老脾气了，那时候他们会这样想，“一些身外之物算什么哪，又都是破烂儿！咱们还是等着逛书店，旧货铺，地摊儿罢。”

原载于《抗战文艺》，一九四二年

人生目的何在 / 梁启超

鸣呼！可怜！世人尔许忙！忙个什么？所为何来？

那安分守己的人，从稍有知识之日起，入学校忙，学校毕业忙，求职业忙，结婚忙，生儿女忙，养儿女忙，每日之间，穿衣忙，吃饭忙，睡觉忙，到了结果，老忙，病忙，死忙。忙个什么？所为何来？

还有那些号称上流社会，号称国民优秀分子的，做官忙，带兵忙，当议员忙，赚钱忙；最高等的，争总理总长忙，争督军省长忙，争总统副总统忙，争某项势力某处地忙；次一等的，争得缺忙，争兼差忙，争公私团体位置忙。由是而运动忙，交涉忙，出风头忙，捣乱忙，奉承人忙，受人奉承忙，攻击人忙，受人攻击忙，倾轧人忙，受人倾轧忙。由是而妄语忙，而欺诈行为忙，而护嫉忙，而恚恨忙，而怨毒忙。由是而决斗忙，而惨杀忙。由是而卖友忙，而卖国忙，而卖身忙。那一时得志的便宫室之美忙，妻妾之奉忙，所识穷乏者得我忙；每日行事，则请客忙，拜客忙，坐马车汽车忙，麻雀忙，扑克忙，花酒忙，听戏忙，陪姨太太作乐忙，和朋友评长论短忙。不得志的哪里肯干休，还是忙；已得志的哪里便满足，还是忙。就是那外面像极安闲的时候，心里仍千般百计转来转去，恐怕比忙时还加倍忙；乃至夜里睡着，梦想颠倒罣痴恐怖，和日间还是一样的忙。到了结果，依然还他一个老忙，病忙，死忙。忙个什么？所为何来？

有人答道：我忙的是要想得快乐。人生在世，是否以个人快乐为究竟目的为最高目的，此理甚长，暂不细说。便是将快乐作为人生目的之一，我亦承认；但我却要切切实实问一句话：汝如此忙来忙去，究竟现时是否快乐，从前所得快乐究竟有多少，将来所得快乐究竟在何处？拿过去现在未来的快乐，和过去现在未来的烦恼，相乘相除是否合算。白香山诗云："妻子欢娱僮仆饱，看来算只为他人。"当知虽有广厦千间，我坐不过要一床，卧不过要一杨。虽有貂狐之裘千袭，难道我能彀无冬无夏，把它全数披在身上。虽有侍妾数百人，我难道能同时一个一个陪奉他受用。若真真从个人自己快乐着想，倒不如万缘俱绝，落得清净。像汝这等忙来忙去，钩心斗角，时时刻刻，都是现世地狱，未免太不会打算盘了。如此看来，哪里是求快乐，直是讨苦吃。我且问汝：汝到底忙个什么，所为何来。若说汝目的在要讨苦吃，未免不近人情；如若不然，汝总须寻根究柢，还出一个目的来。

以上所说，是那一种过分的欲求，一面自讨苦吃，一面造成社会上种种罪恶的根源。此等人不惟可怜而且可恨，不必说他了。至于那安分守己的人，成日成年，动苦劳作，问他忙个什么，所为何来。他便答道：我总要维持我的生命，保育我的儿女。这种答语，原是天公地道，无可批驳；但我还要追问一句：汝到底为什么要维持汝的生命；汝维持汝的生命，究竟有何用处。若别无用处，那便是为生命而维持生命。难道天地间有衣服怕没人穿，有饭怕没人吃，偏要添汝一个人来帮着消缴不成。则那全世界十余万万人，个个都是为穿衣吃饭两件事来这世间鬼混几十年，则那自古及今无量无数人，生生死死死死生生，不过专门来帮造化小儿吃饭，则人生岂复更有一毫意味。又既已如此，然则汝用种种方法，保育汝家族，繁殖汝子孙，又所为何来。难道因为天地间缺少衣架缺少饭囊，必须待汝构造？如若不然，则汝一日一月一年一世忙来忙去，到底为的什么，汝总须寻根究柢，牙清齿白，还出一个目的来。

孟子曰："人之所以异于禽兽者几希。"且道这几希的分别究在何处。依我说：禽兽为无目的的生活，人类为有目的的生活，这便是此两部分众生不可逾越的大界线。鸡狗彘终日营营，问他忙个什么，所为何来。虫蝶翩翔，蛇嬗蜿蜒，问他忙个什么，所为何来。溷厕中无量无数粪蛆，你爬在我背上，我又爬在你背上，问他忙个什么，所为何来。我能代他答道：我忙个忙，我不为何来。勉强进一步则代答道：我为维持我生命繁殖我子孙而来。试问人类专来替造化小儿穿衣吃饭过一生的，与彼等有何分别。那争权争利争地位忽然趾高气扬忽然垂头丧气的人，和那爬在背上挤在底下的粪蛆有何分别。这便叫做无目的的生活。无目的的生活，只算禽兽不算是人。

我这段说话，并非教人不要忙，更非教人厌世。忙是人生的本分，试观中外古今大人物若大禹若孔子若墨子若释迦若基督，乃至其他圣哲豪杰，哪一个肯自己偷闲，哪一个不是席不暇暖突不得黔奔走栖皇一生到老。若厌忙求闲，岂不反成了衣架饭囊材料。至于说到厌世，这是没志气人所用的字典方有此二字；古来圣哲，从未说过，千万不要误会了。我所说的是告诉汝终日忙终年忙，总须向着一个目的忙去。汝过去现在到底忙个什么所为何来，不惟我不知道，恐怕连汝自己也不知道；汝自己不惟不知道，恐怕自有生以来，未曾想过。呜呼！人生无常，人身难得。数十寒暑，一弹指顷，便尔过去；今之少年，曾几何时，忽已颀然而壮，忽复颓然而老，忽遂奄然而死。囫囵模糊，蒙头盖面，包脓裹血，过此一生，岂不可怜，岂不可惜。何况这种无目的的生活，决定和那种种忧怖烦恼纠缠不解，长夜漫漫，如何过得。我劝汝寻根究柢还出一个目的来，便是叫汝黑暗中觅取光明，敦汝求一个安身立命的所在。汝要求不要求，只得随汝，我又何能勉强。但我有一句话：汝若到底还不出一个目的来，汝的生活，便是无目的，便是和禽兽一样，恐怕便成孟子所说的话，“如此则与禽兽奚择”了。

汝若问我人生目的究竟何在，我且不必说出来，待汝痛痛切切彻底参详透了，方有商量。

一九一八年十一月三日《国民公报》